2006

colección alandar

Un loto en la nieve

Gonzalo Moure

EDELVIVES

Directora de la colección:
Mª José Gómez-Navarro

Equipo editorial:
Violante Krahe
Juan Nieto
Lupe Rodríguez

Dirección de arte:
Departamento de imagen y diseño GELV

Diseño de la colección:
Manuel Estrada

Fotografía de cubierta:
Photonica

Carretera de Madrid, km. 315,700
50012 Zaragoza
Teléfono: 913 344 883
www.edelvives.es

ISBN: 84-263-5217-0
Depósito legal: Z. 550-04

Talleres Gráficos Edelvives (50012 Zaragoza)
Certificados ISO 9001
Printed in Spain

El 0,7% de la venta de este libro se destina a la construcción de la escuela que la ONG Solidaridad, Educación, Desarrollo (SED) gestiona en San Julián (El Salvador).

FICHA PARA BIBLIOTECAS

MOURE, Gonzalo (1951-)
Un loto en la nieve / Gonzalo Moure. – 1ª ed. – Zaragoza : Edelvives, 2004
139 p. ; 22 cm. – (Alandar ; 42)
ISBN 84-263-5217-0
1. Montañismo. 2. Tíbet-situación política. 3. Relación padre-hijos. 4. Reencarnación. I. Título. II. Serie.
087.5:821.134.2-31"19"

A Tina, guardiana de mi bardo.

MI PADRE TIENE UN PIE CORTADO,

el otro no, y con un solo pie de verdad fue capaz de llevarme muy lejos.

Desde que tengo memoria, siempre me ha llevado a las cumbres más altas, a las de las montañas y también a las otras.

No me preguntéis por qué tiene un pie cortado, porque no lo sé. Desde que tengo memoria, mi padre es así, y nadie me dijo nunca nada al respecto. Mi madre no me lo pudo contar, porque murió antes de que yo pudiera entenderlo. Tampoco mi padre habla mucho de ella.

Siempre he supuesto que él cree que yo sé por qué le falta un pie, que me lo dijo alguna vez, pero no es así. He visto fotos de mi padre de niño, y en ellas tenía los dos pies. Y de joven también. Y alguna con aspecto de adulto en la que también los tenía, incluso varias de la mili. En las últimas fotos con dos pies también está mi madre, un rostro que no recuerdo más que así, en papel. Hay una sola foto en la que estamos los tres. Mi padre levanta la barbilla, orgulloso, y mi madre enseña o acerca sonriendo hacia la cámara un montón de ropa azul y blanca del que asoma una cara sonrosada, dos ojitos negros como alfileres, y ese soy yo; es la única foto de los tres.

Y, de pronto, en las siguientes fotos, mi padre ya está como ahora: sin mi madre y con el pie ausente sustituido por lo que él llama su «pie suplente», una especie de plantilla de madera reforzada con metal, unida a su pierna por una placa de acero flexible. En realidad no le importa mucho, se maneja muy bien con un solo pie de verdad y el suplente. Y le gusta decir que, si uno quiere, puede llegar más lejos así que la mayoría con los dos pies reglamentarios.

En aquel entonces, antes de lo que quiero contar, yo creía que hablaba literalmente, que se refería a los kilómetros que se podían hacer con un pie artificial, porque era verdad: caminaba y caminaba sin ningún problema. Ahora sé que se refería a otros caminos, a otras cosas. También me decía que yo podía hacer lo mismo, llegar más lejos que los demás. Entonces miraba mis dos pies, y no entendía nada. Pronto lo entendí.

Desde que tengo memoria, mi padre siempre me llevó con él a hacer excursiones y marchas. Noches de sacos calientes y estrellas heladas, mañanas de sol blanco, tardes de nubes repletas de amenazas... y mi padre incansable, su aliento en mis espaldas, como una mano que me empujara haciéndome más y más ligero.

Hablo de mi padre porque es el primer recuerdo de aquellos días y noches en los Picos de Europa. Sin él, sin su aliento, sin su pie suplente y su energía, seguiría siendo un ignorante de mí mismo. Mi padre fue la puerta hacia lo extraordinario.

Era mi primer acercamiento al pico Caramelo, porque hasta entonces solo lo había visto de lejos. Estar allí por fin, debajo de su pared inacabable y vertical, me producía una rara emoción, vaciaba mis pulmones de pura excitación y llenaba mi cabeza de sueños igual de verticales.

Acababa noviembre, aunque no un noviembre demasiado frío y, por tanto, no había más peligro que el que rodea a cualquier

DIOS DE PIEDRA,

que es como mi padre llamaba a los grandes picos. Pero primero fue una niebla repentina y luego una nevada imprevista. Dos elementos que, juntos, nos hicieron perder el camino que llevaba a nuestra tienda, un poco más abajo.

Mi padre dijo que lo mejor era que nos quedáramos quietos. Es lo que hicimos. Paciencia y canciones de mi primera infancia. Nos protegimos detrás de una roca y esperamos abrazados para no desperdiciar calor, durante un buen rato, aguardando a que aclarara algo. Pero no aclaraba nada, ni dejaba de nevar. Nunca había visto tanta nieve cayendo y, por su expresión, supuse que mi padre tampoco.

Creo que fui yo el que recordó que, cuando llegamos, habíamos visto a un grupo de escaladores, así que mi padre se levantó y se alejó un poco para gritar. Su voz era muy fuerte y, dadas las circunstancias, intentaba que aún lo fuera más, pero en medio de la nevada sonaba blanda, de corcho.

—En fin —dijo cuando volvió a mi lado—, no tenemos más remedio que seguir esperando.

Me abrazó con más fuerza aún. No lo he dicho, porque me molesta decirlo, pero era, soy y me temo que seré más bien pequeño. Proporcionado, pero pequeño. Y no he dicho tampoco que mi padre era, es y será enorme, no porque me moleste, sino porque no había hecho falta decirlo. O tal vez sí, porque siempre ha producido cierta perplejidad ver su enorme corpachón flotando por encima de su pie reglamentario y su pie suplente. Un oso. Un oso, además, peludo: barba y bigote con pelos duros, y el resto del cuerpo como enfundado en vello.

—Mosquito, ven con tu oso.

Mosquito, por más que me duela, soy yo: Marcos. Él dice siempre que al principio trataba de llamarme Marquitos, pero que era tan pesado como un mosquito y... También repite que mi madre se reía por las esquinas cuando le oía decir eso, porque sabía tan bien como yo que él me llamaba Mosquito por lo pequeño que era, y más teniendo en cuenta que me veía desde su enormidad.

Aquella tarde, aguantando nieve y niebla, intentando que no me asustara, se esforzó en hacerme reír.

—Soy el abominable hombre de las nieves.

Yo era un niño. Hace seis años de todo esto, así que tenía trece, casi catorce. Aún poco consciente del peligro real en el que nos encontrábamos. Pero para ser sincero, tenía más frío que miedo, así que acepté su abrazo de yeti con entusiasmo irreflexivo. Me estrechaba contra su pecho de tambor, con el anorak abierto, y yo me dejaba inundar por su calor. Los recuerdos son borrosos en los bordes y claros en su centro, y si bien las imágenes y los sonidos muchas veces son poco nítidos en la memoria, de pronto te asalta un olor o, menos a menudo, una temperatura, de una exactitud sorprendente. Cierro los ojos y siento el calorcillo de mi padre que atravesaba mi forro polar, mi jersey, mi camisa de felpa y mi camiseta de montañero. Es un recuerdo concreto, casi palpable. Ahora tengo novia y soy un experto en calores deliciosos, pero el de aquel día es... único. Es extraño que los peores momentos puedan convertirse, en la memoria, en los mejores.

—¿Has oído? —dijo de pronto.

Traté de escuchar por encima del sonido de la ventisca. Los Picos de Europa tienen también sus voces. Lo había oído decir en las aldeas, durante nuestras excursiones: genios, hadas... gente del otro lado que vive en las cuevas de las montañas y en los lagos. Las *xanas,* por ejemplo, las hadas del agua. Pero entonces llegó hasta mí. Era una voz humana, nada que ver con voces de *xanas* o genios. Debía de pertenecer a uno del grupo de escaladores que habíamos visto antes.

—¡Sí, lo oigo! —exclamé desprendiéndome del abrazo del oso.

—¡Vamos!

Abandonamos el rincón en el que habíamos estado refugiados, detrás de la roca. Mi padre se ató la bufanda al cinturón y la sacó por debajo del faldón de su anorak de plumas para que yo me agarrara a ella.

—No te sueltes, Mosquito. Ni se te ocurra soltarte.

Qué bien lo recuerdo, qué deliciosa excitación: la mole de mi padre delante de mí, abriendo a su paso un pasillo de calor, la nieve azotando su anorak y mi rostro, el viento helado que hería mis ojos, mi mano agarrotada en torno al extremo de la bufanda de mi padre. Muchas veces me enredo en esos recuerdos. Me pasa en clase, o cuando estoy en casa estudiando. Todo desaparece de mi mente y vuelvo al momento en el que distinguimos el campamento de Von Arx.

—¡Tiendas!

Era verdad. Tiendas tras la cortina blanca de la ventisca. Y delante de ellas, con los brazos abiertos, un montañero grande y alto con la cabeza cubierta por un gorro de orejeras que no había abrochado; esa es la primera imagen que conservo de Von Arx, sus gafas de esquiador, las orejeras bailando a los lados de su cara y los brazos muy abiertos, acogiéndonos.

—¡Por aquí! —le escuchamos gritar en un castellano evidentemente torpe.

Salvo algunas palabras sueltas, hablaba en francés, y yo me alegré de haber aprendido francés casi al mismo tiempo que castellano. Era la primera vez que de verdad me servía de algo.

Von Arx nos explicó, mientras nos conducía hacia su pequeño campamento intentando apartar la ventisca como si fuera una verdadera cortina, que había oído la voz de mi padre porque el viento soplaba en dirección a su tienda.

—Pero no podía ir hacia allí sin correr el riesgo de que nos perdiéramos los dos.

Von Arx era un suizo con cara simpática. Casi se le habían helado las gafas por la ventisca, así que solo vio a mi padre. A mí no pareció verme, detrás del corpachón de mi padre, hasta que estábamos entrando en su tienda.

—¿Y tú?

No me hizo gracia. Parecía que le sorprendiera la presencia de un niño.

Mi padre se encargó de presentarnos mientras se encogía cuanto podía para acomodarse en el interior de la tienda, que era más pequeña que la nuestra.

—Este es mi hijo, Marcos.

Miré a mi padre, y luego a Von Arx, con orgullo. Nunca hablaba de mí como Marcos, y oírlo me produjo la impresión de haber crecido, de golpe, medio metro.

—Será mejor que se metan en esos sacos —dijo Von Arx.

Yo obedecí, encantado. Estar dentro de la tienda no evitaba el sonido de la ventisca, que bajaba con todas sus fuerzas desde las cumbres.

He tardado seis años en escribir esto. Y no porque no haya pensado en ello, sino seguramente por todo lo contrario, porque apenas he hecho otra cosa que pensar en ello. He tardado seis años porque, en realidad, no estaba seguro de lo que tenía que escribir, ni siquiera de lo que quería escribir. Y, sobre todo, porque no sé para quién lo escribo. ¿Podrá creerme alguien? Yo mismo, claro. Y mi padre, que no lo acaba de entender muy bien, pero que sabe tan bien como yo que es verdad. También Carla lo entenderá, y acabará de conocerme, por fin. Pero ¿y los demás, quienes puedan leer estas páginas?, ¿cómo explicarles que no sé muy bien qué o cuál es la verdad? Demasiadas preguntas y demasiadas dudas. Soy capaz de escribir historias inventadas, porque en la fantasía no tengo dudas, todo se hace sólido en ella de una manera sorprendente. Cuando escribo soy feliz. Pero esto es diferente. Enfrentarme a los recuerdos de aquella noche y del día siguiente... no es nada fácil. Y, sin embargo, escribo. A medida que lo hago, me siento mejor, como si al hacerlo ajustara cuentas con mi propia existencia.

Ahora ya estoy seguro, al menos, de que todo sucedió tal como lo recuerdo. De que todo lo que voy a contar es cierto, a la extraña manera de las cosas ciertas. En fin, no pretendo tampoco que nadie me crea, excepto Carla y mi padre, pero si alguien llega a leer esto le pido que no piense que se trata de una invención absurda.

Sé muy bien que uno puede pasar una vida entera sin que le suceda nada extraordinario. Conozco a mucha gente a la que no le ha pasado nada —nada digno de ser contado— nunca. Pero tal vez ellos no conocen a nadie como Von Arx ni, desde luego, tienen un padre como el mío. Con un pie cortado me llevó a los Picos de Europa. No hacen falta dos pies para caminar por la frontera de lo extraordinario. A eso es a lo que me refería antes.

tenía en su tienda un gran termo de té caliente, casi hirviendo, y se apresuró a ofrecernos sendas tazas para que entráramos en calor cuanto antes.

—¿Azúcar o manteca?

—¿Manteca?

Von Arx rió antes de contestar:

—Es una costumbre que aprendí en los Himalayas.

Mi padre le miró como si acabara de aparecer. Ir al Himalaya era la ilusión de toda su vida.

—¿Ha estado en el Himalaya?

—Bueno, sí, varias veces —contestó Von Arx mientras seguía con los preparativos del té.

—¡Varias veces!

Mi padre dijo aquello casi indignado, gritando. Era evidente que le parecía un abuso, un mal reparto de la riqueza.

—¿Has oído, Mosquito? ¡Varias veces... en el Himalaya!

—¿Y usted? —le preguntó Von Arx, sonriendo.

—¿Yo? ¡Ojalá! Pero he leído mucho acerca del tema y, sobre todo, del Tíbet. Desde niño leí los libros de Lobsang Rampa, y luego, ya mayor, los de Alexandra David-Neel, Harrer, los relatos de Henri d'Orleans, casi todos los libros de filosofía del Dalai Lama... Por no hablar de los libros de fotos de Leslie Weir, Sven Hedin o Ilya Tolstoi, o los de alpinismo de Herzog, Messner...

Cito todos esos nombres porque ahora yo también he leído esos libros, alguno de ellos más de una vez, incluso le he leído fragmentos a Carla, mi novia, y he visto miles de veces sus fotos. Algunas de ellas han estado siempre, desde entonces, en las paredes de mi habitación. Aquella noche, sin embargo, para mí no eran más que una serie de nombres exóticos.

—Entonces debe viajar al Himalaya.

Al escuchar el consejo de Von Arx, mi padre me miró. Sus ojos relucían.

—Llevaré a Marcos conmigo. Cuando crezca un poco más, ¿eh, Mosquito?

Me encogí de hombros. No porque no quisiera, desde luego, porque lo de viajar al Himalaya me parecía un sueño, sino porque prefería que me llamara siempre Marcos, y no Mosquito, delante de Von Arx.

—¿Te gusta el Himalaya? —me preguntó el suizo.

Volví a encogerme de hombros y, nada más hacerlo, me arrepentí, me sentí avergonzado y tonto. Sabía muy bien que aquel gesto, que mi padre me afeaba cada vez que me veía hacerlo, podía ser interpretado por Von Arx como un tonto desprecio infantil, pero no fui capaz de añadir una sola palabra para corregirlo.

—Aún no sabe mucho —dijo mi padre, echándome un cabo.

—¿No has leído nada sobre los Himalayas? —insistió Von Arx.

—No —logré contestar.

—¿Entonces, no sabes nada de los Himalayas? —insistió.

—Sí. Allí vive el yeti. El de verdad —añadí, echando una mirada a mi padre.

Este y Von Arx se rieron.

Luego el suizo me acarició la cabeza y me dijo:

—No has dicho ninguna tontería, Marcos.

Oír «Marcos» en su boca fue estupendo. Creo que hasta se me apagaron las orejas.

—En la cordillera del Himalaya hay tantos misterios de verdad, que el yeti no parece ni siquiera una fantasía —siguió diciendo.

Sus ojos se entornaron, parecieron perderse en una contemplación interior de cosas que solo él podía ver.

—Hay un libro que deberías leer. ¿Te gusta leer?

Asentí. Siempre he leído mucho, incluso en la tienda de campaña, con una linterna. Entonces pensaba que no había mejor calor que el de la vida que venía de los personajes de los libros, y ahora pienso que la lectura es uno de los mayores privilegios del hombre, un auténtico don.

—Pues lee algún día *El leopardo de las nieves*, de Peter Mathiessen. Es un libro de aventuras, en busca de un leopardo de piel azulada que solo vive en las alturas, entre la nieve. Un libro sobre las maravillas y de las angustias de la soledad de las montañas.

Esperó un momento, y añadió:

—¿Sabes lo que pasa al final del libro?

Me quedé pensando, pero solo un momento, la verdad. No sé por qué, ya que ni siquiera conocía la existencia de Mathiessen, ni mucho menos del libro, ni mi padre me había hablado de aquel leopardo de piel azul, aunque él había leído el libro. Pero lo sabía. Y lo dije, porque nunca me ha gustado decir «no sé».

—Que no lo encuentra.

Todavía no sé por qué lo había adivinado, pero me di cuenta de que así era al ver cómo se abrían los ojos de Von Arx, sorprendido. Mi padre, por su parte, parecía esperar que Von Arx dijera que no, que no era eso a lo que se refería.

No lo sé, pero sí sé que aquella repentina visión, en la que la busca del leopardo de las nieves era más importante que encontrarlo de verdad, forma parte de una cadena de sucesos misteriosos de los que este, desde luego, fue el menor.

—Sí —dijo Von Arx—. Eso es lo que pasa al final, que no lo encuentra, pero que se encuentra a sí mismo. Es el mejor libro de Mathiessen, y es el único en el que no logra hacer lo que se propone al principio.

Cabeceaba, mirándome:

—¡Pero no sé cómo has podido saberlo!

Mi padre me miró por fin, creo que con admiración.

Luego Von Arx acabó de preparar el té al estilo tibetano. En vez de con azúcar, con manteca y un poco de sal.

A mi padre le pareció repugnante.

—¡Tanto tiempo soñando con el té tibetano —se reía—, y resulta que es asqueroso!

Pero a mí me gustó. Von Arx me miró sorprendido al oírme sorber con placer. Levantó una ceja un poco escéptica mientras me preguntaba:

—¿De verdad te gusta?

Dije que sí con la barbilla. Temblaba todavía de frío. Pero el té hizo su efecto, y su sabor no me resultó desagradable por la grasa, al contrario, me pareció un sabor ya conocido. Y me hacía sentir un calorcillo que subía desde mi estómago y que hizo que el sueño me fuera invadiendo poco a poco.

Casi me dormí. Pero solo «casi». Ellos hablaban. Decidí cerrar los ojos y fingir que dormía. Mi padre debió mirarme, dijo algo, seguramente un gesto, tal vez el dedo en los labios, porque después hablaban en voz baja. Entonces le contó a Von Arx dónde vivíamos, lo que nos gustaba la montaña, y habló —sin aclarar nada— de «un» accidente en el que había perdido un pie, de su decisión de ponerse un pie artificial y seguir adelante como si no hubiera ocurrido nada... No habló de mi madre.

Luego le tocó el turno a Von Arx. Se llamaba Alexander. Era suizo, pero vivía en Japón. Me encantaba oír aquello. Yo solo conocía gente de España y, aunque vivimos en Francia hasta que cumplí cinco años, no recuerdo a nadie de aquel país. Es curioso, aprendí a hablar francés, se quedó en mi mente y no tengo que hacer ningún esfuerzo para entenderlo y hablarlo, pero no guardo en la memoria, que ya no sé si es la misma, ni un rostro, ni siquiera un nombre.

En fin, yo no conocía realmente a ningún extranjero y, de pronto, estaba en la tienda de campaña de un suizo que vivía en Japón y que había estado muchas veces en el Tíbet, en los Himalayas, en Katmandú... Podía haber pasado miles de horas escuchando sus narraciones de escaladas de montes con nombres sonoros, de accidentes, de sherpas heroicos y occidentales cobardes, de la mezquindad y la valentía que pueblan por igual las laderas de las montañas...

Decidí «despertarme», porque fingiendo dormir no podía ver a Von Arx mientras hablaba.

—¿No puedes dormir? —me preguntó mi padre al ver cómo me desperezaba.

Negué con la cabeza.

—No le dejamos —sonrió Von Arx—. Será mejor que nos callemos...

—¡No! —casi grité.

Los dos se rieron, y el suizo dijo, demostrando que entendía mi negativa:

—Todo el mundo siente la misma fascinación cuando oye hablar del Tíbet. ¡Hasta los mismos tibetanos!

Me incorporé un poco, abrazándome las rodillas por dentro del saco para no perderme nada, porque era evidente que iba a seguir contando cosas maravillosas.

—Eso me recuerda —dijo Von Arx— algo muy divertido. Yo estaba en Katmandú y quise visitar uno de los monasterios más hermosos que construyeron los tibetanos exiliados, Kopan. No estaba muy lejos, pero tuve que caminar toda la mañana, desde el amanecer, y lo encontré con la ayuda de un lama y de una alemana estudiante de tibetano clásico.

Era maravilloso ver cómo Von Arx entornaba los ojos. Uno podía imaginar las imágenes que evocaba mientras hablaba.

—Cuando llegué, derrengado, sudoroso y sediento, vi que en el patio del monasterio, adornado con guirnaldas de flores y parterres y cientos de banderas de oraciones, había una pequeña cantina. Su interior umbrío, al llegar cegado por el sol, era casi invisible para mí. En el mostrador había un monje de unos diez años de edad, con túnica azafrán y la cabeza afeitada al cero. Estaba acodado sobre el mostrador, y le pedí un refresco. Me lo sirvió y volvió a su postura anterior: estaba leyendo.

Cerré los ojos mientras escuchaba a Von Arx, porque me daba cuenta de que pasaba algo fuera de lo normal. Y allí estaba. Oía y veía al mismo tiempo. Todo estaba en mi mente, como si sus recuerdos fueran también los míos: la cantina en penumbra, la cabeza pelada del niño monje, los anaqueles con unas pocas botellas de refrescos... Hasta el calor en la frente y la sensación de frescura del interior de la cantina.

Von Arx seguía contando:

—Mis ojos acabaron de acostumbrarse a la penumbra y, por fin, pude ver lo que leía el pequeño monje. ¿El *Bardo Todol*, textos sagrados? ¡No! Lo que leía el pequeño monje era...

Menos mal que está mi padre para decir que es verdad, si no ni siquiera me atrevería a escribirlo. Antes de que el suizo dijera lo que estaba leyendo el niño tibetano, abrí los ojos mucho, y dije:

—*Tintín en el Tíbet*.

Lo veía. Quiero decir, el recuerdo estaba ante mí. Una vez más, como cuando había dicho que en *El leopardo de las nieves* el explorador no encontraba al leopardo, pero con más claridad aún.

Se produjo un silencio espeso en la tienda. Mi padre miraba a Von Arx con una sonrisa escéptica en los labios, como pidiendo disculpas por la interrupción a Von Arx. Pero este me miraba muy serio. Me dijo:

—¿Por qué dices eso?

No soy ningún chulo, me refiero a que nunca lo he sido, pero reconozco que mi respuesta fue un poco... petulante:

—Porque eso es lo que leía.

Von Arx cabeceó, de nuevo con incredulidad.

—Sí, eso es lo que leía el pequeño monje tibetano, *Tintín en el Tíbet.*

Parecía querer encontrar una explicación lógica a mi acierto:

—Ese libro ha sido fascinante para millones de niños del mundo. Ya veo que para Marcos también...

Pero a juzgar por cómo me siguió mirando después, yo sabía que él sabía que no era una explicación suficiente.

Volví a arrebujarme para seguir escuchándole. La ventisca agitaba de vez en cuando las paredes de la tienda, como si alguien lanzara miles de bolitas de pan contra ella.

—El campamento base del Everest, el Chomolungma, se ha convertido en el vestíbulo de un hotel de lujo, repleto de occidentales caprichosos, capaces de pagar miles de dólares por una foto que poner en su chimenea. Los escaladores de verdad son los que sufren las consecuencias de esa impostura...

Von Arx resultaba enigmático. Miraba desde encima de sus gafas, y miraba hondo. Quiero decir que su mirada era algo más que un par de ojos. Entonces aún no sabía muy bien qué más, pero sí que era algo más. Y, al mismo tiempo, sonreía. Es posible que su sonrisa formara parte de su expresión normal. Es decir, que no fuera una sonrisa de verdad, sino la forma de su boca.

—¿Tienen hambre? —preguntó Von Arx.

Mi padre, que no se había acabado el té, reconoció que sí, que tenía hambre. Siempre la tenía. Y la tiene. Von Arx le dio un bocadillo envuelto en papel de estraza. Me despertaron, o creyeron que me despertaron. Yo no tenía hambre, pero fingí tenerla, solo por compartir con ellos aquella merienda, sintiéndome uno de ellos. Hablaban del leopardo de las nieves, de las heladas paredes de las montañas desde las que se veía un inaccesible monasterio, y toda la nieve que nos rodeaba, cada vez más sumida en la oscuridad, se poblaba de animales fantásticos, y las rocas en peldaños de una escalera fantasmal por la que yo subía, agarrado a la mano que alargaba un pedazo de bocadillo.

Luego dormimos, esta vez de verdad.

CUANDO ME DESPERTÉ,

Von Arx y mi padre estaban fuera de la tienda. Al abrir los ojos y no verles me pareció que la tienda era mucho más grande. Había oscurecido por completo y la ventisca seguía soplando muy fuerte, cada vez más fuerte.

Al cabo de un par de minutos, volvieron a entrar.

—Pasará —dijo mi padre mientras desabrochaba su anorak.

—¿Les esperan? —preguntó Von Arx.

Mi padre le dijo que, en todo caso, nos echarían en falta en el hotel, pero no hasta la noche, o hasta el desayuno, cuando se dieran cuenta de que no aparecíamos por el comedor. Habíamos pasado por la mañana por el hotel para confirmar la reserva de la habitación para esa noche, pero no habíamos especificado cuándo llegaríamos.

—¿Saben que venían hacia aquí?

—No.

—Bueno, con la ventisca supondrán que pueden estar en peligro. Nos buscarán mañana, si no aparecemos pronto.

En cuanto a su expedición, como se trataba de escaladores, habían dejado instrucciones precisas, también en nuestro hotel. En aquel entonces, no había aún teléfonos móviles, pero los equipos de rescate eran eficaces.

—Cuando amaine el temporal vendrán, si no llegamos antes nosotros.

De los caminos, ni siquiera valía la pena hablar, habían desaparecido bajo la nieve.

Decir que amaneció también es decir demasiado. Había una luz difusa. La luz llegaba como la nieve, en medio del viento. Y eso era todo.

Volvimos al interior confortable de la tienda. Von Arx estuvo quitando nieve de alrededor del campamento con sus compañeros de expedición. Algunos pasaron a conocernos a la tienda del suizo. Entraban envueltos en sus anoraks inmensos, con gafas de sol y guantes. Era como estrechar la mano del armario ropero.

Resoplando y expulsando calor, Von Arx entró de nuevo en la tienda. Desayunamos con buen apetito. Yo volví a tomar té al estilo tibetano, esta vez también con harina tostada.

Mi padre estaba encantado con el té tibetano, aunque no lo probara. Parecía saber de él tanto como el propio Von Arx, que sonreía. Hablaron mucho rato de cosas relacionadas con el té y la comida tibetana, la *tsampa* (una especie de harina), el *tchoura* (queso), la carne de yak... Von Arx decía que parecía que mi padre hubiera estado allí, en el Tíbet. Mi padre es transparente. Se le nota todo, y aquella vez se le notaba su satisfacción por lo que decía Von Arx de él.

A mediodía las cosas empeoraron. No había ni rastro de equipos de rescate ni era posible intentar bajar en aquellas condiciones.

—Tal vez haya gente en apuros mayores que los nuestros —dijo mi padre.

Yo me asomaba desde la tienda para ver trabajar a Von Arx y los suyos. Ruido blando de las palas, risas todavía tranquilas.

Y volvieron a empeorar:

—No podemos con la nieve —dijo el suizo después de otro nuevo aumento en la intensidad de la ventisca.

En su expresión se había ido dibujando un poco de ansiedad. Una de las primeras sensaciones extrañas que sentí entonces fue la de tranquilidad. La situación comenzaba a ser agobiante y el mundo parecía volverse en nuestra contra y, por primera vez, yo era consciente del peligro, pero, por explicarlo de alguna manera, me sentí más sereno que el propio suizo, a pesar de toda su experiencia y madurez de escalador.

Y sin embargo, era verdad lo que decía. La nieve caía con más fuerza que nunca y no había posibilidad de quitarla con las palas al mismo ritmo. La gente de la expedición del suizo empezaba a estar agotada y también mi padre, que estuvo trabajando con una pequeña pala.

—¿Qué hacemos? —preguntó un norteamericano joven asomando su cabeza por la puerta de nuestra tienda.

—Esperar —dijo Von Arx—. La nevada no puede durar ya mucho.

Pero duraba.

Yo era insignificante para ellos, y aunque no tengo un recuerdo muy angustioso de aquellas horas, no tenía manera de comunicar tranquilidad a aquella gente. Mi padre confiaba también en que la nevada, infrecuente en aquella época del año, cesara pronto.

—Y de repente, saldrá el sol y un helicóptero aparecerá sobre el campamento.

Pero las horas pasaban y no había señal alguna de que parara la nevada.

Cerré los ojos y me dejé invadir de nuevo por el sueño. Cuando casi estaba dormido,

TUVE UNA VISIÓN

muy clara. Había cerrado los ojos y estaba imaginando el campamento bajo la nieve. «Bajo la nieve» es la expresión exacta. El nivel de la nieve subía y ya estaba casi por la mitad de las tiendas. Los hombres habían amontonado los bultos contra las paredes de las tiendas para contrarrestar así el peso de la nieve.

Vi las tiendas, el campamento. Como si estuviera de pie, sobre la nieve. Y luego, un poco desde el aire.

Es lo mismo que volar. Fue lo mismo que volar, quiero decir. El campamento, tal como lo veía con los ojos cerrados, estaba cerca de una ladera de roca. Luego floté. Flotaba en el aire sintiendo la ventisca, pero sin que me arrastrara con la nieve. Me deslizaba a un par de metros del suelo.

Me asusté. La sensación era tan viva que quise cerrar los ojos, volver a mi cuerpo, a la tienda, pero no pude. Quiero decir que estaba allí, en el aire. ¿Cómo explicar algo imposible desde la certeza de que, sin embargo, fue real? Terapia. Es una palabra rugosa: te-ra-pia; suena a griego, a lengua antigua. Escribo para recibir mi propia terapia, para buscar la tranquilidad.

Una tarde intenté contarle lo que ahora escribo a Carla. Dije las mismas palabras, pero cuando salían de mi boca se convertían en polvo, en ceniza, no significaban nada, o perdían su sentido. Carla me escuchaba y acariciaba mi mano con un gesto invitador: sigue, sigue. Pero yo no podía, me sentía ridículo, y mis palabras se vaciaban, como los panes que se conservan en Pompeya. Lo vi en un documental: hubo una explosión volcánica y la lava lo inundó todo en pocos minutos, tal vez segundos. Los panes son ahora panes grises, del color de la ceniza: por fuera panes, por dentro nada. Eso le ocurría a mis palabras al ser pronunciadas. Carla me escuchó, me acarició, me sonrió. Pero no me creyó. No lo sé porque me lo dijera, sino porque lo sé. Por eso escribo, para curarme: terapia. Porque si es difícil explicar que flotaba, que lo veía todo desde el aire, aún es más difícil continuar con todo lo que viene después, todo lo que aún tengo que escribir.

Me he levantado, he releído, he salido a la calle y he vuelto sin ver nada, sin ver a nadie. Empujado hacia esta mesa con un solo objetivo: escribir, acabar de una vez.

Vuelvo, pues, a la falda del pico Caramelo. Vuelvo a flotar en mi memoria. ¿Habéis volado? Sin avión, sin alas, quiero decir. Volar, como en un sueño, pero sin soñar, sin dormir: ser ajeno al peso, casi ajeno a la tierra. Volar.

Entonces vi el refugio de piedra. Primero su tejado, luego una ventana en medio de la nieve, por fin sus muros.

Sé que grité. Mi padre dice que yo dormía. Sin embargo, grité:

—¡Un refugio, un refugio!

Me despertó mi propia voz.

Von Arx escribía.

Mi padre estudiaba un mapa.

¿No me habían oído?

—Un refugio —repetí, ya con los ojos abiertos, los ojos físicos, quiero decir.

—¿Qué?

Von Arx se había vuelto hacia mí.

—Ahí fuera, no muy lejos. Hay un refugio de piedra. Sé por dónde se llega.

Se miraron.

—No hay ningún refugio —dijo Von Arx—. Conozco la zona.

En vez de responder, bajé la mirada. Las mejillas me ardían, a pesar del frío.

Cerré los ojos. Volvía a ver el refugio. Abría los ojos y solo era un recuerdo, pero los cerraba y lo volvía a ver. Ya no estaba dormido, sino desdoblado: con los ojos abiertos era Marcos, un pequeño metido en un saco, un niño. Pero los cerraba y volvía a ver el refugio desde el aire, hasta sentía la ausencia de contacto con el suelo.

Es verdad que el refugio estaba casi oculto en una especie de desfiladero. Había incluso un arbolillo cerca, señal de que estaba bastante protegido del frío.

Ahora sé que el árbol era un enebro. Hoy día sé bastantes cosas sobre árboles. Me gustan, los entiendo, comparto sus sentimientos vegetales, lentos pero en constante movimiento hacia el aire. Amo a los tejos, que piensan en siglos, amo a los castaños que miran a la pradera y a las cortezas espinosas de sus frutos como si de verdad fueran sus hijos jugando al corro. El enebro es un árbol solitario y pensativo, un verdadero filósofo con resina en sus venas. Se llama también junípero. Parece el nombre de un monje. Aquel junípero recordaba a un monje meditando en medio de la nieve. Esperad, seguid leyendo, el pequeño enebro en la nieve cobrará sentido. Todo tiene sentido, todo está conectado, no hay un guijarro en el camino sin su historia, no se puede quitar del camino sin que afecte a todo.

—Lo he visto.

—¿Estabas dormido cuando lo has visto? —me preguntó Von Arx.

Me miraba por encima de sus gafas y en su boca persistía la sonrisa.

—No sé. Sí. No.

Mi padre se rió. Su risa quería decir: «Niños. Nunca saben». En otro momento, aquella risa me hubiera molestado, como una burla, el peor de los golpes. Pero entonces no me molestó, ni me rozó siquiera.

—Marcos, ¿está lejos? —siguió preguntando Von Arx, ajeno también a la risita despectiva de mi padre.

Sacudí la cabeza, hablaba con Von Arx, es decir, supe que era él, solo él, que no podía hablar con nadie más que con él.

—Cinco minutos, seis.

Von Arx respiró. Con los dedos palpó el nivel de la nieve, que seguía subiendo contra las débiles paredes de la tienda de campaña.

—¿No lo cubre la nieve?

Volví a sacudirla.

—¿Serías capaz de llevarme?

Mi padre protestó:

—¡No le haga caso!

—No perdemos nada —dijo Von Arx—. Ataremos cuerdas.

Qué tranquilo me sentí. No orgulloso porque el suizo grande y sabio me hiciera caso, sino tranquilo, seguro.

Obedecieron a Von Arx, incluido mi padre, que me miraba intentando captar mi atención, seguramente para decirme: «Mosquito, no juegues». Pero no le devolví la mirada, cerré los ojos. Floté de nuevo. Allí estaba el refugio. La nieve no lo cubría porque la ventisca venía de la pared de roca y depositaba la nieve más allá.

Ataron las cuerdas del equipo hasta casi unos cuatrocientos metros, y luego salimos de la tienda.

Hacía mucho frío.

Los mayores miran a los niños desde las alturas. Normalmente, quiero decir, en casa, en la calle, en el colegio. No me refiero solo al tamaño. Es otra cosa más... dañina. Pero Von Arx no, él me miraba como se miran los adultos entre ellos, no me miraba desde las alturas.

De pronto, sin embargo, tuve miedo y me sentí pequeño, un niño. De repente, no estaba seguro de haber visto de verdad ningún refugio. Ahora sé muy bien lo que me pasaba, pero entonces tuve que hacer un esfuerzo para no echarme a llorar, de puro miedo porque arriesgáramos la vida para nada, por una niñería.

Von Arx lo notó, no sé cómo. Se acercó a mí, se quitó un guante y tocó mi frente. No para saber si tenía fiebre, sino para... He hecho desde entonces lo mismo con los árboles: pongo la mano en ellos y dejo que sus pensamientos lleguen a mí. Eso es lo que hizo Alexander von Arx. Yo le miraba con ojos brillantes, conteniendo la respiración. No dijo una sola palabra, se limitó, al cabo de un minuto, a asentir con la cabeza y a sonreírme fugazmente. Luego se levantó y siguió con los preparativos. Y de mi mente habían desaparecido todos los temores, toda la inseguridad.

Von Arx daba instrucciones a sus amigos mientras sostenía el enorme rollo de cuerda.

—No se preocupe —le dijo a mi padre, estrechando sus antebrazos—. Estará seguro. Llevamos la cuerda y no nos podemos perder.

—¿No prefiere que vaya yo también? —preguntó mi padre.

Von Arx negó con la cabeza, con una sonrisa llena de confianza.

—No, avanzaríamos con más dificultad. Iremos, echaré un vistazo y, si no hay refugio, volveremos muy pronto, no habremos perdido nada.

—¿De verdad le cree? —preguntó mi padre sin preocuparse porque yo escuchara sus dudas.

—No sé si de verdad hay un refugio ahí —dijo Von Arx—, pero le creo. Él dice la verdad, su verdad al menos.

Mi padre asintió. Me miró, volvió a mirar al suizo y señaló con la barbilla hacia el exterior.

—¿Por dónde? —me preguntó Von Arx, levantando la voz, cuando todo estuvo listo.

La ventisca ahogaba su sonido.

Señalé hacia delante. Mi guante estaba delante de mi cara. Era un guante de forro polar rojo. Señalaba hacia el este. Lo sé porque luego he visto muchos mapas recordando aquel momento. Pero entonces era «hacia allí», nada más.

Von Arx sonrió.

—¡Bien!

Echamos a andar, los dos solos. Había hecho lo mismo que mi padre. Se había atado una larga bufanda a la cintura y yo iba agarrado a ella.

—¡No te sueltes!

—¡No!

No pensaba soltarme. Ni por todo lo que nadie me pudiera ofrecer. Algo más fuerte que aquella bufanda me unía a aquel hombre al que unas horas antes ni siquiera conocía. ¿O sí? A lo mejor entonces me hice también esa pregunta, no estoy seguro.

—Escucha —me dijo deteniéndose y acercando su boca a mi oreja—, si no hay un refugio ahí, no pasa nada, ¿de acuerdo?

Agité la cabeza para decir que sí.

—Eres un valiente, Marcos —me dijo.

Vi sus ojos a través de las gafas.

Nunca olvidaré la mirada de Von Arx en aquel momento. Nunca. Un valiente no es el que hace grandes cosas, sino el que está seguro de lo que siente.

Tardamos mucho más de cinco minutos. Tal vez media hora, no lo sé. Mover los pies sobre la nieve recién caída no es fácil, y menos si hay que andar contra la dirección del viento. Era el mismo trayecto que yo había recorrido por el aire, flotando, pero hacerlo con los pies era mucho más difícil.

Nos íbamos moviendo cerca de la ladera de la montaña. Estábamos en el camino, no me cabía duda alguna. Lo reconocía muy bien, y que fuera así me tranquilizaba.

Von Arx cambió de posición. Me dejó a mí delante, con la bufanda atada a mi cintura, y él se la ató a una presilla del anorak. Necesitaba las manos libres para ir desenrollando la cuerda.

Yo ya no veía nada. Nada más que nieve, quiero decir. Me daba cuenta de que lo que estaba haciendo no era normal. Tenía la seguridad de ir en la dirección correcta, pero aquella seguridad nacía de una parte desconocida de mí mismo.

Esa sensación me alcanzó como un rayo, al mismo tiempo que levantaba mi guante rojo en medio de la nieve y señalaba hacia delante.

Ahora sé que

con un rugido animal, profundo. Lo oí y me quedé inmóvil. Lo oímos los dos.

—¡Una avalancha!

La nieve caía en una nube sólida desde lo alto del pico, rebotando por la ladera de la montaña.

Von Arx miró a su alrededor.

—Ven —dijo.

En vez de intentar huir, el suizo se dirigió a la pared de piedra.

—¡Junto a mí!

La avalancha se acercaba a nosotros despacio, una lenta masa, blanca y nubosa.

En ese instante, me di cuenta de que se me había

caído un guante. Estaba allí, rojo sobre blanco. Me separé un par de pasos de Von Arx.

—¡Marcos!

Le vi en un fogonazo, intentando alcanzarme con los brazos. Y nada más.

La nieve llegaba desde todas partes, rebotaba desde el suelo, me empujaba desde la pared. Quise extender la mano hacia la de Von Arx, pero la nieve me dio la vuelta por el aire. Es la misma sensación que en medio de una ola grande, en la playa. Arriba y abajo dejan de tener sentido. Cuando el estruendo cesó, me di cuenta de que estaba debajo de una capa de nieve. Pero era una capa fina. Al moverme pude deshacerme de ella.

Sacudí la nieve, aliviado, pero entonces vi la pared de piedra vacía. Von Arx no estaba.

Me puse nervioso. Corrí sobre la nieve blanda o, mejor dicho, traté de hacerlo.

Pero, ¿hacia dónde?

La nieve me había alejado varios metros de la pared, y ahora ya no estaba seguro de dónde estábamos.

Me volví hacia donde habíamos dejado el campamento, pero no se veía nada. Grité:

—¡Papá!

El eco de la nieve es el vacío.

La cabeza me daba vueltas y supongo que estuve al borde de la histeria. Pero en ese momento recordé la cuerda.

No la veía por ningún lado, porque la nieve había subido, de golpe, casi un metro. De modo que fui volviendo poco a poco hacia el campamento. A unos doce metros, encontré el cabo de la cuerda. Resultaba siniestro verla hundiéndose en la nieve. Me hacía consciente de que el suizo estaba allí debajo, enterrado.

Mi primera intención fue ir siguiendo la cuerda hacia el campamento, pero, cuando había dado apenas dos pasos agarrado a la cuerda, me di cuenta de que si lo hacía así llegaría tarde y Von Arx moriría asfixiado o congelado bajo la nieve.

Me volví hacia la pared. Las lágrimas resbalaban por mis mejillas. No sabía qué hacer. Mi pensamiento era un torbellino, pero en medio del mismo me veía a mí mismo ante mi padre, llorando, y ese pensamiento se me hizo insoportable, se prolongó hacia el futuro y también hacia el pasado. Hacia el accidente en el que mi padre había perdido el pie. Y lo supe. Muchas veces he llorado abrazado a Carla sin atreverme a decirle a ella lo que supe, lo que sé: que mi padre perdió su pie tratando de salvarme a mí, eligiendo entre mi madre y yo, aunque no sé por qué. Un accidente de coche, seguramente. No es que entonces pensara tantas cosas, pero estaban allí, como Von Arx, bajo la nieve.

Entonces supe que no me iría, que no me rendiría, que no volvería llorando a los brazos de mi padre para anunciarle la muerte de Von Arx.

He leído que hay gente que encuentra agua bajo tierra; zahoríes, se llaman. Sienten el flujo del agua bajo la tierra, un hormigueo en la piel. Eso es lo mismo que yo sentí. Un hormigueo. Algo me dijo: ahí.

«Ahí» no había más que nieve. Como toda la demás nieve. Pero la vocecita interior insistía: ¡ahí! Las manos me hormigueaban.

Y excavé.

Lo hice como pude, tal como puede excavar en la nieve un niño asustado. Hice un hoyo y amontoné la nieve a su alrededor, arrastrándola con los antebrazos.

Iba a rendirme. Sé que iba a rendirme. Pero seguí. Un manotazo más, agotado y lloroso, al borde de la histeria.

Y allí estaba.

El anorak de Von Arx.

Tan deprisa como podía fui descubriéndole, hasta que el suizo se movió. Desde la profundidad de su entierro, me fue ayudando como pudo.

Al fin, un minuto después, se incorporó.

Se quedó inmóvil, adormecido, sentado, con las piernas todavía enterradas y los brazos caídos, agotado.

Me abracé a él. Trataba de darle calor, de hacerle reaccionar.

—Una avalancha —murmuró.

—Una avalancha, sí —logré decir.

Entonces miró hacia lo alto, temiendo que cayera otra sobre nuestras cabezas. La pared del pico Caramelo se alzaba sobre nosotros imponente, pero por ella no caían más que los copos impulsados por la ventisca, haciendo remolinos blanquecinos.

—Vamos —dije.

Tiré de su mano y le obligué a levantarse.

Ahora era yo el que le llevaba. Von Arx, entumecido y todavía atontado, se movía con torpeza. Necesitábamos encontrar el refugio. No tenía ya tiempo para pensar si era verdad que estaba allí o no. El refugio, nada más.

—Ahí —dije.

¿Dije? Esa es la cuestión. No era yo. Ahora lo sé, pero entonces no era más que una sospecha que se iba abriendo paso en mi mente: no era yo el que decía «ahí», ni el que había flotado por el aire, el que había visto el refugio. O, al menos, no era solo yo.

—¿Ahí?

Von Arx se adelantó, tiritando todavía.

—¡No veo nada!

Dimos unos pasos más... y allí estaba el enebro de mi visión. Tal como lo recordaba, parecía un monje meditando en medio de la nieve, quieto y silencioso, una escueta silueta oscura recortada sobre el blanco.

Poco más adelante estaba la roca que ocultaba el refugio. Respiré con profundidad, porque me faltaba el aire.

—¡Aquí! —gritó Von Arx.

Habíamos rodeado la roca. El refugio estaba allí, tal como yo lo había visto con los ojos cerrados, desde la tienda.

El suizo tuvo que esforzarse para abrir la puerta, pero al final lo logró.

Después de abrirla la traspasó y se desplomó sobre el suelo. Se quedó sentado, en la misma postura que había estado antes entre la nieve. Mientras jadeaba, examinaba el interior de la cabaña. Me miró un momento, cabeceó, asintiendo para sus adentros, sonrió, me volvió a mirar.

—Es grande —murmuró.

Lo era. Lugar más que suficiente para él y sus compañeros, además de mi padre y yo.

Haber salvado a Von Arx y encontrar el refugio han sido las sensaciones más fuertes de mi vida.

Me daba la sensación de haber completado un viaje, me hacía sentir tranquilo, en paz. Unos minutos antes, dudaba de mí mismo, hubiera querido desaparecer, no haber dicho nada, no ser nada más que un niño. Y ahora, entre aquellos pobres muros de piedra encalados con torpeza, me sentía por fin sereno y confiado.

Había una chimenea ennegrecida por el hollín y un buen montón de leña seca, preparada por una mano amorosa y previsora. Von Arx consiguió levantarse. Poco a poco había ido recuperando sus movimientos y su calor, porque ya no tiritaba. Examinaba todo y se reía, sin dar crédito a lo que veía.

Luego se volvió hacia mí, despacio.

Muy despacio.

Se quitó las gafas de sol y sacó de un bolsillo interior sus gafas de ver. Me clavó la mirada, agachado delante de mí.

Luego me miró por encima de los cristales, como solía hacer.

—Dime una cosa, Marcos.

Esperé. Me gustaba oírle decir «Marcos», tropezando con la *r*, que se convertía en un gruñido confuso, y acabando en una *s* silbante, larga... Sí, me gustaba mucho.

—Pero que sea la verdad —continuó—. Tiene que ser la verdad. ¿Lo prometes?

Moví la barbilla: sí.

—¿Habías estado aquí antes?

Tardé en contestar. Lo estaba pensando. Desde hacía unos minutos sabía que había cosas de mí mismo que no conocía. Una de esas podía ser que hubiera estado antes en la cabaña y no lo recordara.

Pero no. No había estado nunca en el interior de aquel refugio. De todos modos, eché una mirada alrededor en busca de un detalle, de algo que despertara mi memoria. No, solo lo había visto por fuera, desde el aire, flotando como un copo de nieve.

No dije por fin.

—Ya —musitó Von Arx.

Se levantó. Me volvió a mirar, como si fuera a seguir hablando de cómo había sabido que aquel refugio estaba allí, pero pareció preferir dejarlo para más tarde, y volver a los aspectos prácticos que había que resolver.

—¿Sabrás encender un fuego? La leña está seca.

Dije que sí. En casa tenemos chimenea y siempre me ha fascinado el fuego.

—Voy al campamento a por los demás. No te muevas de aquí.

Se quedó de pie, en silencio. Mirándome. Hasta donde llego, creo que Von Arx intentaba mirar siempre a la gente por dentro. Pero esa vez era aún más allá adonde se dirigía su mirada.

Me quedé solo un tiempo, no sé cuánto. No me fue difícil encender el fuego, empezando con la leña menuda. El humo tardó en empezar a salir por el tiro de la chimenea, pero al final lo hizo.

Era agradable sentir el calor del fuego. Me senté cerca de él y me quité el anorak y los guantes.

La cabaña, oscura y silenciosa, se veía ahora invadida por los reflejos de las llamas y las quejas secas de la leña.

No me atrevía a hacer lo que había hecho conmigo Von Arx, es decir, mirar hacia dentro. Era una sensación vaga, inconcreta. Pero real. Había en mí cosas que no conocía. Recuerdos que eran fogonazos, sensaciones, incluso una rara sabiduría. Pero nada de todo aquello era mío, no me pertenecía y, sin embargo, también me pertenecía. Me daba cuenta de que era capaz de hacer cosas que no tenía por qué saber hacer.

Tuve miedo. Pensé en mi padre. Quería que llegara pronto, que se acercara a mí. Sentir su calor, su peso, hasta su olor. Necesitaba a mi padre para volver a ser yo mismo.

La llegada de

LOS HOMBRES

de la expedición fue tumultuosa. Toda la luz que había en la cabaña salía de la chimenea y era una luz bailante, rojiza. Recuerdo los corpachones inmensos, más grandes aún porque la luz hacía que sus sombras se proyectaran contra el techo y las paredes mal encaladas de la cabaña. Se quitaban los anoraks, se acercaban al fuego bromeando y riendo...

En total eran siete, contando a mi padre y Von Arx, que fueron los últimos en entrar. Mi padre me miraba muy serio, creo que con la mente llena de dudas, mientras Von Arx se unía a las bromas de sus compañeros. Pero sé muy bien que, en realidad, no se perdía nada del encuentro entre mi padre y yo.

—Bueno, Mosquito.

Estaba orgulloso de mí porque había ayudado a Von Arx a salir de debajo de la nieve, aunque no sé si supo entonces, o si ha sabido nunca, lo cerca que estuvo nuestro nuevo amigo de la muerte. Pero creo que solo el suizo y yo sabíamos la verdad: que sin mi decisión de quedarme y excavar no hubiera habido esperanzas, y la suerte que había tenido al elegir el lugar exacto donde él estaba, y no otro. La suerte, o lo que hubiera sido, claro.

—Me ha preguntado Von Arx —siguió diciéndome mi padre— si es verdad que nunca habíamos estado aquí.

Miré al suizo de reojo. No me gustaba que hubiera vuelto a preguntarle lo mismo a mi padre. Eso era desconfianza. No dije nada. Mi padre suspiró.

¿Esperaba que yo añadiera algo? ¿Por ejemplo, que había estado en la cabaña sin que él se diera cuenta? Yo creo que sí. Estuvo demasiado tiempo inmóvil como para que no lo estuviera pensando. Debía de repasar nuestra excursión. Los momentos en los que yo me había alejado de él para hacer alguna necesidad...

Por fin sacudió la cabeza. Me daba igual que pensara que le ocultaba algo así. Pero con la sacudida de su cabeza cayeron los pedacitos de sus ideas.

—En fin, sea como sea, aquí estamos.

¿Sea como sea? Me hubiera gustado gritar.

Pero entonces extendió su mano hacia mí.

Había sentido muchas veces el contacto físico de mi padre, claro. Le gusta dar abrazos, palmadas en la espalda, coger a la gente de la nuca y apretar... Pero aquella mano era una frontera.

La frontera entre la niñez y algo distinto. Iba a escribir «la edad adulta», o «el estado adulto». No se puede decir «la adultez»... ¿Entonces? ¿Por qué el lenguaje es a veces tan limitado? Entre la niñez y la madurez hay otro estado. Lo sé porque la mano de mi padre, extendida hacia la mía, era la frontera que conducía a ese país sin nombre.

Se llame como se llame, entré en él al estrechar la mano de mi padre: ternura, firmeza, amistad de pronto donde antes solo había biología, padre e hijo, responsabilidad y jefatura.

Recuerdo muy bien que los compañeros de Von Arx cantaban. Era una canción suiza, muy suave a pesar de que la cantaban en alemán. Sonaba a tristeza, a lejanía del hogar. Melancólica. Podría intentar tararear su música...

Mi padre se sentó a mi lado. Miraba el fuego en silencio.

Luego se unió a nosotros Von Arx.

Sus hombres habían organizado una pequeña cena y del interior del grupo venían hacia nosotros trozos de pastel de queso, fruta, rodajas de salchichón sobre pan negro y frutas secas.

—¿Té?

Von Arx nunca olvidaba su tetera y los pequeños saquitos de colores en los que llevaba las hojas de té, la harina y la pella de manteca. También decía maravillas de las frutas secas, como higos o ciruelas pasas. Y se las comía a docenas.

Preparó el té sobre los primeros rescoldos que caían desde el fuego hacia el exterior de la chimenea.

La gente de Von Arx había dejado de cantar durante la cena. Ahora hablaban en voz baja y, de vez en cuando, resonaba en la cabaña una carcajada. Sus rostros se habían puesto colorados y sus ojos brillaban. Se habían quitado gran parte de la ropa gruesa y muchos de ellos las botas. Del grupo emanaba un fuerte olor humano. Sin embargo, el recuerdo de aquel olor es agradable para mí.

Fuera, la ventisca ululaba, una lechuza de nieve.

Degusté el té despacio, saboreándolo. Mi padre se sumó esta vez a la ceremonia.

—¿Le gusta? —le preguntó Von Arx.

Mi padre sorbió un poco.

Me miró y se rió.

—En fin, sí.

Le devolví la sonrisa. Ese es mi padre. Y esos eran, son sus sueños, la *tsampa*, el té hirviendo, la montaña vertical y preñada de peligros.

era un pico fácil para Von Arx y su gente, desde un punto de vista estrictamente técnico, quiero decir. Pero nunca habían estado en España y, según explicó, apenas habían leído algunas cosas acerca de los Picos de Europa.

—Acabamos una semana antes en los Alpes y se nos ocurrió venir aquí. En realidad...

Von Arx parecía, por primera vez, confuso. Había hundido la barbilla en el pecho y acariciaba la taza entre sus manos.

—Nos reunimos una vez al año para hacer una expedición.

Recorrió con sus ojos el grupo. Solo nosotros, mi padre y yo, le escuchábamos. Los demás se habían ido durmiendo o mantenían conversaciones que cada vez sonaban más lejanas.

—Hemos estado en todo el mundo. En todas partes.

Hubiera dado cualquier cosa por estar dentro de su pensamiento en aquellos segundos en los que, deprisa, recordaba todas sus expediciones, todas las escaladas, cada pared, cada vivac en el aire, colgados sobre el vacío.

—Nos conocimos para intentar el Anapurna. Era el trigésimo aniversario de la primera expedición que coronó el Anapurna.

—La de Herzog —dijo mi padre.

—Sí. Herzog todavía vive, ¿lo sabía?

—Sí. Leí una emocionante entrevista con él, no hace mucho. Y he leído alguno de sus libros.

Mi padre lo lee todo acerca de montañismo. Da gusto verle caminando de vuelta de la librería, impulsándose con su pie suplente, cargando grácilmente con los últimos volúmenes publicados.

—Nos eligieron por medio de una revista francesa. Nos conocimos así, escalando el Anapurna, y nos hemos convertido en un equipo para toda la vida. Solo ha habido una baja y una nueva incorporación.

Se refería al joven norteamericano. No estaba lejos de nosotros. Ahora dormía con la boca abierta y una expresión plácida.

—Al año siguiente atacamos el Chomolungma.

—El Everest —aclaró mi padre para mí.

Von Arx nunca lo llamó con otro nombre que Chomolungma, su nombre original, el auténtico. Cuando pronunciaba su nombre lo hacía con un tono de voz más profundo, lleno de respeto y veneración.

—El Chomolungma es un poco más alto que el Anapurna, pero en realidad es más sencillo llegar a su cumbre.

—Sencillo... —rió mi padre.

—No hay nada sencillo en montañismo. Depende del tiempo. El pico Caramelo ¿es difícil?

—Creo que no —dijo mi padre.

—Y ya ve. Si no fuera por su hijo, podría haber sido... fatal. Y solo estamos aquí abajo. Pero la sombra de los grandes picos...

Von Arx se quedó en silencio. Apuró el té, engulló dos ciruelas pasas, una detrás de otra, y me miró.

—¿Sabes por qué hemos venido al pico Caramelo? ¿A los Picos de Europa?

Me di cuenta de que no era una pregunta simple, una manera de hablar siguiendo la conversación. Era una pregunta que iba dirigida a lo extraordinario, a lo desconocido que me había permitido salvarle y que también me había mostrado el camino hacia el refugio.

De modo que pensé en la pregunta, meditando despacio sobre las posibles respuestas. Había, hay tantas respuestas...

No podía mirar a mi padre, porque temía que su mirada me dictara una de ellas. La pregunta de Von Arx iba mucho más lejos. Mucho más hondo. Nunca habíamos estado en el pico Caramelo, aunque sí habíamos hecho alguna excursión por los Picos de Europa, pero por la parte fácil, desde Potes y el funicular.

Tampoco había sentido nada especial al verlo, el día anterior. Una imponente y masiva mole de piedra desnuda, tal como la recuerdo ahora. Si al ver aquella mole de cerca por primera vez alguien me hubiera hecho la pregunta de Von Arx, no habría dudado en responder que no, que no tenía ni idea de para qué había venido nadie a escalarla.

Pero ahora...

—Creo que sí.

No sé por qué lo dije. Mis recuerdos son confusos, por más cosas que sepa ahora. Una vez Carla me dijo: «Es curioso, a medida que te separas de los hechos en el tiempo, tus recuerdos parecen hacerse más claros». Tenía razón, aunque no siempre sea así. Lo misterioso y lo extraordinario dejarían de serlo si tuvieran una explicación sencilla. Y barata, quiero decir.

—¿Sí?

Von Arx me miraba con intensidad.

Entonces lo supe, con claridad. Ante mis ojos el rostro del suizo dejó de ser un rostro desconocido. Si desde el principio me había fascinado su rostro era porque

de antes. Fue igual que si las nubes se hubieran deshecho con el viento y hubieran dejado ante mi vista el pico de la montaña, tal como lo había visto en los libros y fotos que me había enseñado mi padre.

Aún no sé si él se dio cuenta de lo que pasaba. Nunca hemos hablado de ello, y creo que ahora estoy escribiendo estas páginas para que él las lea, no solo para mí, no solo para un hipotético lector, ni para Carla. Mi padre es muy importante, de una manera visceral, más allá de la biología. Tal vez está ligado a ese momento oscuro, velado, en el que tuvo que elegir entre su hijo y su mujer. Sí, escribo para él. Para que vuelva a vivir aquellos días y aquellas noches desde mi punto de vista, para que me comprenda. A menudo me digo que queremos a los demás para que nos quieran, mendigos de amor.

Quiero decir con todo esto que no me puse a gritar: ¡sí, sí, le conozco!, ¡teníamos una cita aquí, hoy, ahora!

No me puse a gritarlo porque no hacía falta. Von Arx y yo estábamos allí, en el refugio, cumpliendo una vieja cita. Tan vieja —o tan nueva— como yo mismo. Exactamente igual. Una cita fijada el mismo día de mi nacimiento.

—El año que escalamos el Chomolungma estuve en Lhasa, en el Tíbet. Había llegado a Nepal una semana antes que el resto de la expedición, así que cogí un vuelo de las líneas aéreas chinas para Lhasa. Nunca había estado allí y sentía curiosidad.

Von Arx miró a mi padre y continuó:

—Yo también había leído a Harrer, a Alexandra David-Neel, no solo a los grandes escaladores... Quería conocer también el Potala, ir hasta el monasterio de Shera...

Hizo una pausa, y de sus labios salieron otros nombres, seguramente piedras, mojones de un camino hacia lo misterioso, hacia lo espiritual.

—Pero nada más llegar —siguió diciendo después—, me atacó el mal de altura. No lo podía creer, al principio. Había estado en la cumbre del Anapurna un año antes. Y había escalado los picos más altos y peligrosos de los Alpes, de los Andes... Era imposible que aquello me sucediera a mí, ¡el mal de altura! Yo creía hasta entonces que era algo reservado a los turistas y a los montañeros inexpertos. Los tibetanos lo llaman *laduk* y, a veces, se ríen de quien lo padece, sobre todo si es un occidental, tan poderoso y rico y, sin embargo, tan débil frente a un enemigo tan leve e insustancial como el aire limpio. Pero, por lo general, piensan que se trata de alguna cuenta pendiente entre los demonios, los dioses y los seres humanos. ¡Yo debía de tener alguna cuenta pendiente muy gorda, según esa creencia!

Se reía de su mal de altura. Pero todavía parecía perplejo.

Mi padre hizo un comentario irónico sobre lo que había leído del mal de altura:

—Parece que los médicos no saben mucho de él, en realidad.

—Es la verdad —dijo Von Arx—. A mí me atendió un médico chino del hotel, pero sus innumerables pastillitas no me hicieron nada. Cuando el mal de altura empieza a actuar en tu sangre, creo que no hay nada que lo detenga. Salvo volver a una altura normal. Pero yo no me podía dar por vencido, claro. Me parecía... tan... ridículo. ¡Qué estúpida soberbia! Decidí aguantar. Bebía todo el agua que podía, pero llega un momento en que el agua baja directa hasta la vejiga, a través del riñón. La bebes y la meas, sin más. El mal de altura es tolerable durante el día, pero por la noche te deja fuera de combate.

Hizo una pausa, todavía perplejo, a pesar del tiempo transcurrido, por haber sucumbido al mal de altura de una manera tan ridícula.

—Te secas por dentro, se te acaban la saliva, las mucosas... y la sangre. La sangre se espesa y las venas y arterias se quedan convertidas en fideos secos en tus muñecas y en tus brazos, pequeños fideos azules. El corazón, al verse casi sin sangre, se pone a bombear a ciento cincuenta pulsaciones por minuto. En ese estado, con el hígado y el riñón casi fuera de servicio, puede pasar cualquier cosa.

—¿Y pasó? —preguntó mi padre—. Según creo, el peligro mayor es la embolia.

Von Arx afirmó con la cabeza. Miraba a mi padre. Luego me miró a mí con especial intensidad. Hablaba hacia él, pero era a mí a quien hablaba, en realidad.

—Sí. La embolia. Un coágulo en la sangre, tan espesa como el poso de una taza de chocolate.

—Puede dejar a alguien paralítico, ¿no? —añadió mi padre—. O incluso matarle.

—O incluso matarle —repitió Von Arx—. A mí...

Hizo una pausa larga. Casi interminable, tal como yo la recuerdo. A nuestro alrededor se había hecho casi el silencio. La nieve seguía cayendo, pero ya no había viento. El silencio puede pesar una tonelada en medio de una gran nevada. Von Arx no acababa su frase, pero yo sabía muy bien lo que iba a decir.

—A mí me mató —dijo, con naturalidad, sin ningún dramatismo—. Yo morí aquella noche en el hotel de Lhasa.

Mi padre se quedó inmóvil. Miraba a Von Arx sin mover un músculo. Cualquiera podía ver que Von Arx estaba allí, con nosotros, en la cabaña, al pie del pico Caramelo. Pero lo que acababa de decir no resultaba increíble. Al contrario.

—Había pedido ya un billete para volar a Katmandú, pero no había ningún vuelo en un par de días. El médico chino me había proporcionado un par de colchonetas de goma llenas de oxígeno puro, pero por la noche tuve un desmayo profundo. Fue en el cuarto de baño, adonde tenía que ir a orinar cada vez que lograba tragar un sorbo de agua. Cuando recobré un poco la consciencia, me arrastré hasta la cama y me tumbé de espaldas, como si cayera en el vacío desde un avión. Por la ventana, abierta de par en par para que entrara algo de oxígeno, podía ver los picos de las montañas que rodean Lhasa, a la luz de la luna. Un jirón de niebla se agarraba al último pico. Entonces me di cuenta de que mi situación era la misma que la del jirón de niebla o, tal vez, de que aquel jirón era yo mismo, mi alma, mi energía, llámela como quiera. Estaba a punto de desprenderme de mi cuerpo.

Al hablar en francés, usando el «vous», mi padre podía pensar que hablaba para él, y yo que lo hacía para mí. Mientras le escuchaba, no me resultaba difícil imaginar su alma enganchada en la última roca del último pico. En mi mente, el jirón de niebla acababa por desprenderse y se perdía en el horizonte.

—Me morí —repitió Von Arx—. Acepté la muerte sin amargura, sin miedo. Y eché a volar, tal como suena. Sin peso. Ya sin dolor, sin angustia, por fin: sin sed, sin angustia, sin vómitos, sin nada. Nada más que yo, libre por fin.

El fuego, en la cabaña, lanzó una llamarada que también significaba el final. Era un tronco que consumía así, en un último fogonazo, su última materia. La llama hizo que las sombras bailaran en el encalado tosco de las paredes. Ante mis ojos deslumbrados, todo aquello parecía lleno de significados oscuros, de mensajes susurrados.

—Tal como lo recuerdo, estuve a punto de desaparecer. Sin más. Pero mi último resto se quedó en un cruce de caminos luminosos.

—¡Un cruce de caminos luminosos! —exclamó mi padre.

Entonces creí que le sorprendía el hecho en sí. Pero ahora sé que había reconocido los misterios de los viejos textos sagrados tibetanos que había leído a lo largo de su vida, que hablaban siempre de ese cruce de caminos de luz que se encuentra tras la muerte.

—Un cruce, sí. Ante mí tenía innumerables caminos luminosos, de todos los colores. Me quedé quieto por instinto. De algún modo sabía que si me aventuraba por uno de aquellos caminos de luz, podía ser el final, la extinción de la última chispa de consciencia... si no el principio de algo todavía peor.

Al decir «el principio de algo peor» me miró como solo Von Arx sabía mirar, un poco por encima de sus gafas.

—Entonces apareció

ante mí.

Al oír el nombre estuve a punto de desmayarme yo también. Llegó a través de la voz de Von Arx, pero venía desde lo más hondo de mi corazón, de regiones desconocidas de mi memoria al mismo tiempo. Sentí lo mismo que si hubiera recibido un puñetazo en medio del pecho.

—¡Kangseng! —susurré para mí.

Von Arx se había dado cuenta de que acababa de decir algo, quizá de que había repetido el nombre, pero siguió adelante.

—Kangseng no era más que un niño.

Me miró. No sé, no quiero suponer lo que pensaba.

—Solo una vez he contado esto —continuó diciendo—, y no fui creído. Pero es verdad. Hablo de lo que vi en sueños, y me doy cuenta de que hablo de Kangseng como si hubiera estado con él en algún lugar. Y es la verdad, estuve con él, aunque no lo entienda muy bien, y aunque ese lugar no fuera un lugar físico.

Yo sí lo entendía. Había sido un día en el que los acontecimientos se sucedían unos a otros, y casi siempre al borde de lo increíble: el refugio, mi vuelo por encima de la nieve, el hallazgo del cuerpo enterrado del suizo, la extraña resonancia que había producido en mi memoria el nombre del niño tibetano... Moví la barbilla con un leve asentimiento. Mis ojos debieron de brillar, porque Von Arx sonrió, agradecido por mi actitud. No miraba a mi padre ya, sino a mí.

—Kangseng —murmuró— iba vestido igual que los hijos de los peregrinos khampa que había visto con mis ojos en torno al templo sagrado del Jokang, en el corazón de Lhasa, y también en fotos de los años treinta y cuarenta, antes de la revolución. Los khampa son la gente de la región de Kham. Gente muy dura y hermosa. Y aún más sus mujeres. Son... guapas, alegres, de una limpieza brillante y chispeante. En una época llegaron a vestir las ropas grises a las que trataban de habituarlas los chinos, pero yo las había visto en torno al templo sagrado del Jokang, vestidas con elegancia y audacia, con muchas pequeñas joyas de turquesa, coral y plata muy trabajada. Ellas, como digo, eran muy alegres, mientras que los hombres se mostraban más serios. Según había oído, eran peligrosos. Muchos de ellos llevaban un cuchillo en el cinturón, en la espalda. El pequeño vestía al estilo de los adultos que había visto en el Jokang, con botas puntiagudas de lana de yak de colores, camisa de seda amarilla, azul o blanca, una pelliza llena de adornos y el pelo negro recogido con un pañuelo también de seda, además de un prendedor de hueso.

El suizo parecía deleitarse en la descripción. Yo escuchaba con toda la atención de la que era capaz y, al mismo tiempo, me preguntaba si no estaba dormido, soñando. La nevada, el refugio, el fuego, la cena, el té... todo podía haber provocado en mí aquel sueño extraño y poderoso en el que las palabras de Von Arx precedían, un instante antes nada más, a la visión precisa de lo que él iba describiendo. Pero sé muy bien que estaba despierto.

—El pequeño khampa se acercó a mí, tan sólido y real como si estuviéramos en los alrededores del Jokang. Pero al saludarme en tibetano me di cuenta de que le entendía tan bien como si hablara francés, inglés o alemán. Domino esas lenguas, además de un buen conocimiento del italiano, y me defiendo en nepalí. Pero no sabía apenas nada de tibetano. Y sin embargo, le entendía. Le dije mi nombre, Alexander, y él dijo el suyo: Kangseng.

—León de las nieves —dije yo inmediatamente, esta vez en voz alta, pero sin saber por qué era capaz de hacerlo.

Mi padre habla a veces de esa extraña noche pasada en el refugio del pico Caramelo y explica mi sorprendente traducción diciendo que él me había leído pasajes del libro de Mathiessen *El leopardo de las nieves*. Yo ahora también lo he leído. No aparece ni una sola vez la palabra tibetana Kangseng. No se lo he dicho a mi padre, me he limitado siempre a guardar silencio. Lo sabrá cuando lea este cuaderno, si es que lo lee,

SI ES QUE LO ACABO ALGUNA VEZ,

si no me dejo invadir por la pereza o, más bien, por la angustia y por las dudas.

He leído lo que llevo escrito y me pregunto si habrá alguien a quien le interese. Incluso si habrá alguien que crea una sola palabra de todo lo que he contado. Incluyo a mi padre, y que me perdone. Sé lo que le gusta recordar nuestro mágico encuentro con Von Arx. Pero también sé que la mitad, mucho más de aquel encuentro, se ha quedado para él en la sombra, que aún ignora la parte más importante.

Tengo que escribirlo: hace una semana leí que tres alpinistas murieron en el Nevado Huascarán, en Perú. En realidad he comenzado a escribir este cuaderno porque uno de los tres alpinistas era Alexander von Arx. Y yo no estaba allí. Ni Kangseng. Ni yo estaba allí para ayudarle, para encontrarle antes de que fuera tarde, ni Kangseng para volver a cogerle de la mano en el momento de la muerte, en el cruce de caminos luminosos del Nevado Huascarán.

Lo más asombroso es que no siento dolor. Von Arx ha muerto, por fin, y saberlo no me llena de angustia. Al contrario, me siento en paz o, tal vez, debo decir que «le» siento en paz. Todo ha llegado a su fin y, sin su muerte, este cuaderno no podía ser escrito.

Debo seguir haciéndolo, si no quiero perderme. Quiero decir que debo volver al momento en el que Von Arx me contaba, porque me lo contaba a mí, cómo había encontrado en su cruce de caminos, cómo había conocido a Kangseng.

—El pequeño y fiero khampa se llamaba Kangseng —repitió Von Arx. Y mirándome—: león de las nieves, sí.

Me contemplaba, pero ya sin sorpresa en su rostro. Daba la sensación de que nada de lo que yo dijera o hiciera podía sorprenderle ya, y yo no sabía aún por qué.

—Kangseng me dijo que él también había muerto, no sé si aquella noche, como yo, o si su muerte había transcurrido mucho antes. Tengo razones para pensar que fue antes, la verdad. Durante el final de la revolución cultural, en sus últimos coletazos. En cualquier caso, Kangseng opinaba que la muerte no era dolorosa. Yo estuve de acuerdo. Pero mientras yo había muerto solo, en la habitación de un hotel hostil, a él le había acompañado en aquel momento un lama muy sabio que le leyó los textos sagrados mientras moría.

—El *Bardo Todol* —dijo mi padre, fascinado por el relato de Von Arx.

—Sí —dijo este—. El *Bardo Todol* es un conjunto de textos que ayudan a escoger el camino adecuado para una futura existencia mejor. Kangseng dijo que después de morir, fuera ya de su cuerpo, escuchó con toda la atención que pudo al lama, hasta que cayó en lo que él llamó un pozo de silencio.

Durante un buen rato, Von Arx pareció estar probando «el pozo de silencio». Mi padre no decía nada, tampoco. Por fin, el suizo hizo un esfuerzo y continuó:

—Kangseng intentaba seguir escuchando la voz del lama, pero era igual que tratar de oír algo que ocurriera al otro lado de una gruesa puerta. Eso me dijo: detrás de una gruesa puerta. Después de lo que le pareció una eternidad, empezó a oír otra voz. No vio nunca el rostro de la voz que le dio la orden de buscarme en el cruce de caminos. «Un extranjero perdido», me llamó. «Un extranjero perdido a punto de equivocar su camino para siempre», le dijo la segunda voz. Kangseng tenía que acompañarme de vuelta al mundo para que no muriera todavía.

El suizo remarcó la última palabra, «todavía», antes de seguir:

—Entonces, el pequeño khampa extendió su mano, delante de mí. Cierro los ojos y le veo...

Cerró entonces los ojos y levantó una mano en el aire, reviviendo el momento con tanta intensidad que a mí me pareció haber estado también presente.

Si otra persona hubiera contado todo aquello habría creído que estaba loco, o que fantaseaba. Pero Von Arx no. Había tanta emoción en su voz, tanta luz y tanta sombra en su mirada... Mi padre no decía nada, y quise creer que le creía. Que también le creía.

—Kangseng estaba radiante —siguió diciendo el suizo— dentro de su vestimenta de khampa, a la que no le faltaba un detalle. Me levanté del lugar en el que me había sentado, en el cruce de caminos, y tomé su mano. Me dejé llevar.

Mi padre no solo parecía creerle, sino que estaba, además, muy impresionado, nunca le había visto así. Afirmaba con la cabeza y, a veces, la sacudía, incrédulo tal vez ante su propia credulidad. Yo creo que estaba tan deslumbrado con lo que estaba escuchando que no era capaz de darse cuenta de cuánto me atañía todo aquello. Él oía a un suizo aventurero que no solo había estado en las cumbres del Anapurna y el Chomolungma, los nombres míticos, los lugares casi sagrados de todo aficionado a la montaña, sino que también había estado en el *Bardo Todol*. Es decir, todo lo que mi padre acariciaba en sus horas de lector hecho realidad ante él. Yo, es la verdad, no tenía sitio en su fascinación. Podría haberme levantado y él ni siquiera se habría enterado. No parecía darse cuenta de que Von Arx me contaba todo aquello a mí, solo a mí.

—Kangseng tenía que ser mi guía, esa era la orden que había recibido de la voz. Tengo recuerdos confusos de aquellos momentos en los que Kangseng me llevó de vuelta al mundo de los vivos. Y sé que es todo tan difícil de creer que, a veces, prefiero... una explicación vulgar.

Mi padre reaccionó de pronto; parecía sopesar cuánto había de realidad y cuánto de sueño en la narración de Von Arx.

—¿Fue todo un sueño?

Creo que, en parte al menos, deseaba que así fuera, como si le diera miedo aceptar otra explicación.

Von Arx se encogió de hombros.

—Dígalo así, si quiere. La verdad es que yo no había leído nada acerca del *Bardo Todol*. Aún no. Luego, sí. Otros lo escriben *Bardos Thos Tol.*

—Es lo mismo —dijo mi padre.

—Es lo mismo, sí. Cualquiera puede pensar que me dejé sugestionar, que en realidad alguna vez había oído hablar de los textos sagrados en cuestión, aunque no lo recordara. En aquel momento, entre la vida y la muerte, no sería extraño que mi inconsciente hubiera recurrido a ellos. Solo puedo decir algo: la verdad, la simple verdad. Y la verdad es que volví a la habitación del hotel, que regresé a mi cuerpo de aquel sueño, de aquel viaje astral, o de lo que fuera lo que había vivido, da igual. Si volví de la mano de Kangseng o de la mano de las pastillitas del doctor chino, ¿quién puede saberlo?

—Pero volvió.

Yo miraba a Von Arx. En ese instante no me fue difícil adivinar que ocultaba algo. No lo adivinaba. Lo sabía. Le sorprendí una mirada furtiva hacia mí.

Luego, tanto mi padre como él se quedaron en silencio. Yo sabía que había más, que no lo había dicho todo, pero no iba a preguntar. Sabía que Von Arx había contado lo que creía que debía, o podía, contar.

Mi padre sí, claro. Le preguntó algunas cosas todavía. Pero se notaba que la fascinación del principio había desaparecido, y que para él la historia de Von Arx no tenía más que un valor simbólico. No parecía creer ya que el suizo hubiera estado de verdad muerto, ni en el *Bardo*. Pero conocía tan bien todo aquel mundo de lejanas y exóticas supersticiones, había leído tanto acerca de todo aquello que no le importaba mucho si la historia de Von Arx era un simple cuento para pasar la noche al lado del fuego en un refugio en medio de la nevada.

Por fin, los tres nos dormimos. Sé que soñé, porque me desperté al menos dos veces, y también sé que entonces recordaba lo que había soñado, pero ya no lo recuerdo. Los sueños se escurren como arena en la mano; esperas un momento y no queda ya nada de ellos en la memoria.

A LA MAÑANA SIGUIENTE,

el sol salió con fuerza. Los primeros hombres de la expedición de Von Arx que se despertaron y salieron del refugio aullaron de alegría al comprobar que el temporal ya había pasado. Todos nos levantamos tan deprisa como pudimos y salimos afuera con los otros a dar saltos en medio de la nieve.

Von Arx y mi padre también participaron en la fiesta. El pico Caramelo estaba allí, tangible y sólido, armonioso e invariable, tal como lo recuerdo, lavado por la nevada del día anterior. Mi mirada de niño lo hacía aún más grande. Lo he vuelto a ver varias veces, la última no hace mucho y, o bien yo he crecido mucho, que no, o el pico ha menguado, que tampoco. Es mi mirada, sin duda, la que hace sus paredes menos imponentes y su cumbre más alcanzable. Pero no me cuesta nada cerrar los ojos y volver a verlo como lo veía entonces.

Von Arx y dos miembros más de su expedición nos acompañaron hasta el lugar en el que estaba nuestro campamento. Resultaba casi divertido que, en realidad, estuviera tan cerca, apenas doscientos metros, girando por la falda del Caramelo hacia el este.

Desmontamos la tienda con ayuda de las palas, porque estaba derrumbada por la nieve y el viento, casi sepultada. Luego bajamos hasta el lugar en el que habíamos dejado el coche. El camino había desaparecido, y había que avanzar con ciertas precauciones, pero no hubo problemas para encontrarlo. La nieve llegaba más arriba de la puerta, de modo que hubo que usar las palas de nuevo, y tenía encima una capa de más de medio metro de espesor.

No fue difícil ponerlo en marcha. Poco más abajo estaban los vehículos de la expedición de Von Arx. Los dos compañeros del suizo repitieron la operación con las palas y lograron poner en marcha uno de ellos. Formamos una pequeña caravana y nos siguieron, descendiendo con cuidado hacia la civilización.

Mientras bajábamos yo miraba la nuca de Von Arx, justo delante de mí, en el asiento delantero.

Había demasiadas cosas que no tenían explicación todavía. Quería preguntarle, exigirle que me contara más cosas, todo aquello que yo sabía que había callado por la noche, pero no me atrevía. Yo era un niño, nada más que un niño. Volvía a serlo, quiero decir, había dejado de ser el privilegiado al que Von Arx se dirigía más con los silencios que con las palabras. Durante algunos momentos, cuando él me miraba en la cabaña, me había hecho sentir importante, más que importante. Y cuando mi padre me había dado la mano creía haber cruzado la frontera, haber dejado la niñez atrás.

Pero ahora, de nuevo, me veía reducido a lo que en realidad era. Poco más de cero. Mi padre me volvía a llamar Mosquito y Von Arx no parecía hacerme mucho caso, como si ya no fuera para él más que el hijo del montañero cojo. Me preguntaba a mí mismo si no me había creído que pasaban cosas extraordinarias, si, en realidad, no habían sido todo simples imaginaciones mías, fruto del ambiente tan propicio, creado por la nevada y el aislamiento.

Pero ¿no había flotado yo en el aire para ver dónde estaba el refugio? ¿No estaba donde yo lo había visto, exactamente en el mismo lugar? ¿No había ante el refugio un pequeño enebro que yo no había visto nunca con los ojos abiertos? ¿No había adivinado también el lugar en el que había quedado sepultado por la nieve, no había salvado la vida de Von Arx, tal vez la nuestra también?

En el traqueteo del coche parecía haber una burla del niño que se imaginaba cosas.

Nos despedimos en el pueblo, después de acudir al cuartel de la Guardia Civil. En efecto, había sendos partes de desaparición acerca de nosotros y de los extranjeros, y las patrullas estaban ya listas para salir en nuestra busca. En el fondo, los guardias parecían decepcionados al saber que todos estábamos bien. Todos, salvo un guardia joven que me estuvo preguntando detalles mientras los demás hablaban, no sé por qué a mí, aunque supongo que el sargento ya estaba con mi padre y con el suizo. No le conté nada de lo extraordinario, claro. Me limité a repetir lo que ya sabía el guardia: que la nevada nos había sorprendido lejos de nuestra tienda, que habíamos encontrado al grupo de escaladores y que habíamos pasado la noche en un refugio, cerca del pico Caramelo. No me sorprendió que el guardia dijera el nombre del refugio, saber que existía y, por mi parte, yo no le dije nada acerca de cómo habíamos dado con él a pesar de no haber estado nunca allí.

Luego, como digo, nos despedimos del grupo de escaladores, uno por uno. Al hacerlo, Von Arx clavó una rodilla en el suelo para abrazarme. Su mano enguantada apretó mi nuca y hundió mi rostro en su anorak y, durante el largo abrazo, yo oí sonidos y crujidos en su pecho. Cuando nos separamos estuvo mirando en mis ojos, como si leyera en ellos. Por fin dibujó una sonrisa forzada y se levantó. No se volvió para mirarme.

No he vuelto a ver a Von Arx nunca más. Ahora sé que ha muerto en el Nevado Huascarán y estas noches he salido a pasear bajo las estrellas, he deseado despegarme del suelo, flotar al igual que un jirón de niebla y llegar, arrastrado por la brisa, al cruce de caminos luminoso. Tal vez Von Arx todavía está allí, esperando al pequeño y fiero Kangseng. O esperándome a mí. O a ambos.

No he vuelto a ver a Von Arx jamás, es la verdad.

Pero supe mucho más de él. Mucho, mucho más. No lo supe por sus palabras, quiero decir de su voz, pero lo supe. Escribir es dejar una herencia eterna.

Y es que al día siguiente, cuando llegamos a casa, al deshacer mi mochila, un cuaderno cayó al suelo.

Lo recogí. Aquí lo tengo, delante de mí. Las cubiertas son de cartón muy duro, rugoso, y del color de la piel de las ovejas. El papel es también basto, con tanto grano y hebras de un tono más crudo, que a veces las palabras escritas sobre él parecen torpes, como si hubieran ido tropezando con las pequeñas trampas. Seguramente, Von Arx lo deslizó en el interior de la mochila mientras me abrazaba, durante la despedida. No pudo ser en otro momento.

Este cuaderno me acompañará toda mi vida. Nunca, en estos años, le he hablado de él a nadie. Ni a mi padre, ni a Carla siquiera. Cuando leáis lo que sigue, papá, Carla, sabréis por fin del cuaderno y podréis compartir conmigo, por fin, todas mis emociones, todos mis secretos, mi único secreto, el tesoro de mi vida.

La primera de las emociones, casi un puñetazo en el pecho, fue leer en su primera página:

ESTE CUADERNO TE PERTENECE, MARCOS,

en grandes letras de tinta roja. El resto está escrito a lápiz y, en muchos sitios, el trazo se ha ido borrando hasta casi desaparecer, especialmente allí donde el grano es más basto.

Ahora me dispongo a copiar su contenido. De paso salvaré muchas palabras de la desaparición definitiva. Aunque casi me las sé de memoria. Todas y cada una de ellas, tantas veces las he leído. Soy un cuaderno viviente. Mi padre habla a veces de una película, o puede que sea una novela, en la que salen hombres libro. Como yo el cuaderno de Von Arx, cada uno de ellos se sabe un libro de memoria. Es una película, o una novela, sobre el futuro, en el que los libros están prohibidos, y en el que los bomberos se dedican a quemar los libros que encuentran en sus registros. ¿Será posible que algo así llegue a suceder?

He escrito antes que creo que ha llegado el momento de confesarme, de contarlo todo. Ahora ¡ya no lo sé!

Estoy lleno de dudas, y la verdad es que en este momento —es de noche, no se oye nada, si acaso apenas un coche a lo lejos que ojalá conozca su destino— no sé adónde me lleva hacerlo. Espero que a distinguir la verdad, por fin. A serenarme, a liberarme de la obsesión y el secreto. Lo he intentado más de una vez con Carla, pero las palabras dichas no son lo mismo que las palabras escritas, se me convierten en ceniza entre los labios.

Supongo que en algún sitio están los demás cuadernos de Von Arx, porque este solo cuenta una parte de su historia, de sus historias. Es probable que tenga mujer e hijos, no puedo saberlo, y que ellos tengan el resto de los cuadernos, los de antes y los de después. O tal vez no, y entonces los cuadernos se los habrá quedado algún compañero de expediciones, quizá alguno de los que conocimos aquella noche y cantaban canciones suizas tristes, en alemán. ¿Se habrá dado cuenta, quien quiera que tenga el resto de los cuadernos, de que falta uno? Han pasado varios años y ya no tengo modo de saberlo. Pero estoy seguro de que estas son las páginas de verdad importantes para mí, y de que seguramente también lo eran para él. Me emociona pensar que me lo dio, que se deshizo de algo que era tan importante para él solo para explicarme todo aquello que podía hacerme entender lo que había sucedido, al pie del Caramelo.

Las páginas no son las primeras, vienen de atrás, está claro que son la continuación de algo que había escrito antes, seguramente lo mismo que nos contó a mi padre y a mí aquella noche en el refugio. Pero son también un principio. Pensarlo da vértigo. Principio y final son dos palabras que parecen hablar de sitios muy lejanos. Pero yo ahora sé que son palabras vecinas; más aún, que son —o que pueden ser— la misma cosa.

Este es el texto de las páginas que Von Arx metió en mi mochila:

Ahora tengo Lhasa a mis pies. Envuelto en una manta de lana de yak, sentado en el umbral de esta pobre cabaña, perdida en la falda de la montaña, muy cerca de Chakpori, la «colina de hierro». Veo ante mí el magnífico Potala, una escalera al cielo, roja y blanca. Ahora es un edificio vacío y triste, pero fue el corazón del Tíbet, el palacio del Dalai Lama, la sede del Gobierno. Lhasa está rodeada de feos edificios chinos y por la noche los neones ensucian la pureza de estas cumbres. Esta es una sociedad envilecida, triste, y las pocas risas que se escuchan en los mercados no son sino un eco trágico de la alegría de otros tiempos, como las voces de las gaviotas en los vertederos, buitres de la memoria de un tiempo feliz. Pobre Tíbet prisionero, esclavo, amputado de su alma, uncido a la noria de su caricatura. Potala, «Budhalá», la montaña de Buda, disecada y falsa, color y volumen sin nada, nada, en su interior.

He venido aquí llevado por el azar. Casi morí en el hotel chino. O morí, me mató el mal de altura, a mí, que escalé el Anapurna y el Chomolungma. Un pequeño khampa llamado Kangseng me salvó, me condujo de vuelta a la vida, aferrado con fuerza a mi mano. Él también había muerto, al mismo tiempo que yo, tal vez unas horas antes, y creí que él también regresaba a la vida, pero me sonrió y me dijo que no, que para él no era aún el momento, la hora del regreso.

Kangseng es, o debo decir era, un pequeño khampa misterioso y profundo, semejante a los ríos que recorren la cordillera nívea y esconden su murmullo de siglos entre las rocas.

Me condujo por un laberinto de caminos, distinguiendo los verdaderos de los falsos con una infalible intuición, de regreso hasta mi habitación en el hotel chino para que escribiera esta libreta, pero, sobre todo, para que completara mi vida, esta vida.

El aire sigue enrarecido para mí. Me recupero con lentitud de mi terrible agonía. He sido un pez fuera del agua, ahogándome sin oxígeno, seco por dentro, sin apenas sangre. El médico del hotel se ríe, siempre se ríe. Me atiborra de pastillitas y se ríe. Por suerte, mañana sale mi avión para Katmandú y escaparé del médico chino, de su risa y sus pastillitas. Por la tarde estaré a salvo, con los compañeros.

¿Qué les contaré?

Es probable que solo parte de la verdad: que me afectó el mal de altura, que me sentí al borde de la muerte. Ellos lo comprenderán, porque saben que el laduk, *a veces, afecta a los propios tibetanos, aunque hayan nacido y vivido aquí toda su vida. Y para no arriesgarme a que no me crean, prefiero no hablarles de mi experiencia en el cruce de caminos de luz, ni de Kangseng...*

Me parece mentira, a mí también: hablo, escribo acerca de Kangseng como si fuera una persona real. ¿Lo es? Sí, lo es, pero no lo es, no desde un punto de vista estricto, científico. Existe para mí, pero no tengo manera de saber si existió de verdad, ¿o sí? En cualquier caso, prefiero decir a los compañeros que me agarré a la vida al pensar en mi propio ataúd de cinc, en el trabajo que les esperaba a ellos para mandarme a casa, en que tal vez les arruinara la expedición. Ya veremos.

No, no le hablaré de Kangseng a nadie, mientras no pueda añadir algo, un dato real. Y sé que eso no es posible.

Hace frío. Me arrebujo dentro de la manta tibetana.

Me doy cuenta de que soy un ignorante. Desconozco muchas cosas, más de las que debiera. Y también he olvidado ya algunas cosas de mi encuentro con el pequeño khampa.

Por ejemplo, no sé por qué camino del Bardo me llevó Kangseng hacia el pasado. Caminamos juntos durante horas, pero luego él ya no estaba junto a mí. Le veía, pero fuera de mi vida. Un camino al pasado, sí, pero no al mío, sino al suyo.

Al final de ese camino, Kangseng estaba de nuevo con su gente, sus padres, sus hermanos y sus hermanas, en la aldea de la región de Kham de la que provienen. Me convertí, o tal vez debo decir «me convirtió», en un testigo de todo lo que le aconteció, de sus últimos días: todo comenzaba de nuevo ante mis ojos y supe que iba a presenciar su último viaje y su muerte.

Puedo intentarlo, sí, porque todo lo que vi sigue vivo en mi mente, mucho más vivo que muchas de las cosas que ahora me rodean. Más vivo que el Potala, que esta ciudad putrefacta y violada.

Puedo, voy a intentarlo:

La aldea de Kangseng es del color del polvo y está situada en un pequeño altozano, abrigada por los dos brazos de una montaña parda, junto a un río que acaba afluyendo en el Bramaputra.

Yaks negros, adornados con katas, *pañuelos de seda de colores, uncidos sobre el barro informe.*

Empezaré como empiezan casi todas las historias: Había una vez...

HABÍA UNA VEZ,

en la región más oriental y escarpada del Tíbet, Kham, una familia como otras muchas: el padre se llamaba Angawa y su esposa, Rimchen, una mujer que a pesar de los años y los hijos aún conservaba la belleza y la alegría. El mayor de los hijos, Adrup, era muy silencioso y formal, mientras que el pequeño, Kangseng, era muy ruidoso e inquieto. En medio había dos hermanas y un hermano más. A la familia no le quedaban abuelos, después de la muerte de Tenzin, el padre de Angawa, durante el último y durísimo invierno.

Un día, al inicio de la primavera, Angawa subió hasta el pequeño Gompa, el único monasterio que quedaba en la comarca, en el que los lamas trataban de reconstruir la vida que arrasó la invasión del ejército chino, para hacer lo mismo que muchas familias: darle al monasterio, al menos, a uno de sus hijos. El lama del Gompa aceptó el ofrecimiento de Angawa. Su penúltimo hijo, Dawaa, el hermano menor de Kangseng, quedaría en el monasterio, mientras toda la familia iba de peregrinación al monte Kailas, la montaña sagrada. Dawaa se convertiría primero en un pequeño trapa *y, más tarde, con la ayuda de los espíritus, en un gran lama. Quién podía saber lo que aguardaba en el destino del buen Dawaa.*

La familia dispuso todo lo necesario para el viaje y Rimchen, la madre de Kangseng, vistió a todos con ropas grises, de acuerdo con las órdenes de los oficiales chinos. Desde la revolución cultural era peligroso ir por los caminos del Tíbet con ropas tradicionales tibetanas y, más aún, con los vistosos ropajes de los khampa, los naturales de la región de Kham. Los colores y los adornos no eran bien vistos por los ocupantes, que obligaban a quienes los llevaban a cambiarlos por el uniforme de la revolución, gris o azul, sin detalles que revelaran su personalidad nacional y, menos aún, sus rasgos regionales, como era el caso de los khampa.

Kangseng era el más pequeño de todos, y la diferencia era ahora mayor, ya que su hermano Dawaa se había quedado en el monasterio, pero no el más débil. Para utilizar la expresión favorita de Rimchen, Kangseng era un «cabezota». En la aldea siempre vestía las ropas tradicionales y se pavoneaba con ellas, separando mucho las piernas, con las manos en el cinturón y un pequeño cuchillo en la espalda.

—Vestirás como yo te diga.

Kangseng obedeció a regañadientes y se puso su traje gris, incluso la gorra, que le resultaba especialmente odiosa, y estuvo un buen trozo del día sentado de espaldas a todos, con los brazos cruzados. Pero a la hora de salir, antes del amanecer, Rimchen vio que el pequeño se había vuelto a poner sus ropas tradicionales, más adornadas que nunca.

—¡Kangseng! —gritó Rimchen, indignada con su hijo.

Pero Angawa, el padre, se rió.

—Déjale, mujer. No importa.

—¿Y si nos encontramos con la patrulla?

—¡Es un niño! Los demás vestimos como mandan.

Rimchen tuvo la debilidad de aceptar la debilidad de Angawa, pero en su interior sonrió, porque Kangseng fue, gracias a las debilidades de los dos, el niño más feliz del Tíbet. Cuando partieron, el pequeño iba en cabeza, llevando de la correa al yak viejo al que llamaban siempre Kuchi, *que quiere decir «por favor».*

Kuchi *era negro y sus cuernos eran los más grandes*

y hermosos del valle. Ahora cargaba los bultos más pesados de la familia de peregrinos, y el pequeño khampa lo llevaba, orgulloso, de la brida. También Kuchi *parecía orgulloso de sí mismo, y levantaba la cabeza del suelo más de lo que suele ser habitual entre sus congéneres, pese a su más que respetable edad.* A Kuchi *lo conducía Adrup, el hermano mayor, con una correa y un palo, aunque no hacía falta, porque el yak se consideraba a sí mismo parte de la familia y no se hubiera separado de ellos por nada del mundo.*

En las primeras jornadas no encontraron en el trayecto más que a algunos otros peregrinos que regresaban del Kailas con todo el polvo del camino sobre sus cabezas, y una caravana de comerciantes en dirección a Gyantché

Pero al quinto día, cuando tomaron una de las carreteras principales, fueron interceptados por una patrulla de soldados chinos.

El sargento ordenó a los soldados que revisaran los bultos de la familia, como si pudieran llevar quién sabe qué tesoros. Ya casi habían acabado el registro, que más bien parecía pura rutina, con un poco de humillación, cuando el sargento reparó en Kangseng. Y eso a pesar de que Rimchen había tratado de mantenerlo oculto, temiendo que los comprometiera a todos con sus ropas de khampa.

Cumpliendo los temores de Rimchen, el sargento montó en cólera.

—¡No puede vestir así!

Escupía al suelo antes de hablar y después, con furia.

—¡Es un niño! —le disculpó Angawa, inclinándose con gesto servil y sonriendo al oficial.

Pero el sargento le dio un golpe sin contemplaciones, inmune a sus zalamerías, y repitió:

—¡No puede vestir así! ¡Es un insulto!

Los soldados reían por el enfado de su jefe.

—¡El pueblo debe vestir como el pueblo! —gritaba el sargento, y escupía una y otra vez.

Rimchen trató de obedecer, pero Kangseng se resistía.

—¡No!

Más risas de los soldados. El sargento, enfurecido por el mismo buen humor de sus soldados, arrancó la pelliza de Kangseng y la arrojó al suelo. Lanzó su enésimo escupitajo sobre ella y, plantando un pie encima, le ordenó a Rimchen que vistiera al niño con las ropas adecuadas.

Kangseng estaba fuera de sí. Temblaba de indignación y miraba con rencor y desprecio a su padre y a su hermano mayor, que agachaban la cabeza y continuaban sonriendo, como si nada pasara.

Rimchen acabó de vestir a Kangseng con las ropas grises tan deprisa como pudo y el sargento dejó seguir a la familia después, eso sí, de lanzarles serias amenazas.

Al atardecer, la familia se refugió en una aldea de campesinos semejante a la suya. Era una suerte poder dormir bajo techo, sin tener que montar las tiendas. Así que Rimchen entregó regalos a la familia que les acogió en sus cuadras. Mantequilla y grano, sobre todo. Luego añadió varias katas *amarillas y azules a las cuerdas de las que colgaban otras banderas de oraciones.*

Por la noche, cerca del fuego, todos hablaron de lo que había sucedido. Los aldeanos conocían bien al sargento. Era muy quisquilloso, según ellos, y trataba de imponer los principios de la revolución como si aún fueran los tiempos duros de la destrucción. A la luz del fuego del hogar, se habló de los tiempos pasados, no hacía tanto, cuando los invasores arrasaron los monasterios, cuando obligaron a los monjes a casarse y abandonar los hábitos, cuando mataron a muchos por resistirse o por simple capricho, o cuando deportaron en masa aldeas enteras hacia China para integrarlas en comunas y fábricas.

Angawa, el padre de Kangseng, sabía muy bien lo que habían sido los malos tiempos de los que hablaban los aldeanos. Animado por el calor del fuego, contó cómo los khampa, la gente de Kham, se habían opuesto violentamente a la invasión. No una vez, ni dos, sino muchas. Gran parte de los rebeldes murieron, pero los khampa, dijo, no se habían rendido nunca. Y así seguían, sin rendirse.

Al decirlo, abría mucho los ojos y levantaba la cabeza, y casi parecía que él mismo fuera uno de aquellos fieros resistentes.

Kangseng, arrebujado en un rincón, parecía dormir, al igual que el resto de los niños de la aldea y sus hermanas, pero escuchaba con atención a su padre y tomaba buena nota. Él era un khampa y tampoco se iba a rendir. Se veía ridículo y feo dentro de aquellas ropas bastas, horribles, que tanto gustaban a los chinos. Para Kangseng no había nada más importante que su ropa, su aspecto, su desafío. Despreciaba a los cobardes que vestían la ropa de los invasores. Y soñaba con ser uno de aquellos guerreros indómitos que habían puesto en jaque al inacabable ejército chino, al mismo que había logrado derrotar incluso al Dalai Lama, obligándole a huir del país.

Al amanecer, Kangseng intentó volver a vestirse con las ropas tradicionales, pero Rimchen se lo impidió esta vez, escarmentada por su debilidad del primer día, y mirando airada a Angawa, que callaba y miraba para otro lado.

—Marido, ¡díselo tú!

Angawa obedecía, pero se notaba a la legua que, en el fondo, admiraba a su hijo.

Rimchen, entonces, decidió que sería ella la que impusiera la disciplina, y llegó incluso a darle un fuerte cachete a su hijo, sin dudar un instante.

—No pondrás en peligro a tus padres y hermanos.

Kangseng no lloró. Se cruzó de brazos y se sentó en el suelo, cerrando los ojos con fuerza. Angawa, animado por el ejemplo de su mujer, le ordenó inútilmente que se levantara, y al final tuvo que subirle él mismo a lomos del yak con la ayuda de Adrup, el hermano mayor.

Kangseng, sin embargo, siguió demostrando que era digno heredero de los combatientes de Kham y se tiró dos veces al suelo, desde encima de Kuchi, furioso y pataleando. Hasta el viejo yak parecía divertirse con la cabezonería del pequeño. Cada vez que este conseguía tirarse al suelo, intentaba arrancarse el traje gris. Adrup, con paciencia y en silencio, devolvía a su hermano pequeño a los lomos peludos de Kuchi, y vuelta a empezar.

Al fin su padre, harto, acabó por atarle y dejarle convertido en un fardo más entre los demás bultos del equipaje. Kangseng, por fin, pareció rendirse.

De vez en cuando, Angawa se acercaba al fardo que formaba Kangseng y se reía a carcajadas, sacudiendo la cabeza con incredulidad.

Por la noche, al acabar la jornada de viaje, desataron al niño. Sus hermanas intentaron consolarle, pero Kangseng se negó a cenar. Esa noche no encontraron poblado alguno y tuvieron que dormir en las viejas dokpa, tiendas de pastores.

—Estamos ya muy lejos de aquella patrulla, mujer —le dijo Angawa a Rimchen a la mañana siguiente.

Habían comenzado a subir y la nieve había aparecido ya junto al camino.

—Además —dijo Angawa—, todos debemos abrigarnos si no queremos morir de frío. No digo que nos vistamos como manda la tradición, pero sí que nos protejamos con la ropa, sin quitarnos de debajo estos uniformes.

Rimchen reconoció que hacía cada vez más frío y no supo cómo oponerse a la opinión de su marido. Todos se pusieron sus pellizas encima de la ropa gris. Las hermanas de Kangseng, entre risas de felicidad, incluso se ataron el pelo con pañuelos de colores. Y el mayor de los hermanos, Adrup, animado por lo que veía, se puso un prendedor de hueso rematando su coleta.

Kangseng aprovechó la ocasión para volver a ponerse todas las prendas de su traje de khampa, sin faltar una.

Vestido así, Kangseng se paseó por delante de sus familiares, con las piernas muy abiertas y las manos en el cinturón, desafiante. Llevaba la barbilla muy alta cada vez que pasaba junto a su madre, sin ocultar una altiva mirada retadora.

Rimchen se indignaba con la actitud de su hijo pequeño y trató de imponer de nuevo su punto de vista, *pero su marido se reía, demasiado orgulloso de sus hijos y, en especial, de Kangseng. Rimchen agitaba la cabeza, convencida de que su marido cometía una imprudencia grave al dejar a Kangseng hacer lo que quería.*

Y así comenzó la nueva jornada una familia khampa en peregrinación.

A mediodía se cruzaron con un grupo de viajeros. Todos vestían las ropas impuestas por los invasores y se protegían del frío con anoraks baratos. Miraban con envidia el aspecto alegre y multicolor que presentaba la familia de Angawa, en especial el pequeño Kangseng, que alardeaba sin parar de su aspecto.

Rimchen, después de cruzarse con los viajeros, imploró a su marido que hiciera que Kangseng se vistiera, al menos, con las ropas grises debajo de la pelliza.

—Mira que llamamos la atención de todos, y eso no es bueno para nosotros.

Pero Angawa no le hizo caso.

—Allí podremos dormir —dijo Angawa a la caída de la tarde.

Señalaba una pequeña construcción de piedra junto a la que había un montón de escombros.

Al llegar comprobaron que se trataba de las ruinas de un chorten, *una construcción religiosa de las que el ejército chino había derruido la mayor parte. La cabaña había sido un lugar de retiro de un monasterio lejano, a juzgar por las oraciones escritas en sus paredes y por las piedras* mani *(piedras con inscripciones religiosas) amontonadas junto a ella.*

—Será un refugio adecuado —dijo Angawa.

—No me gusta —dijo Rimchen—. Aquí han estado los soldados.

Luego, mientras improvisaba la cocina y los pequeños refugios para dormir, entre las piedras, se quejaba del olor de la tropa.

—Como canes —protestaba.

—A los perros... —decía Kangseng, haciendo un gesto expresivo con su cuchillo y arrancando las carcajadas de su familia.

Así se durmieron, con buen humor a pesar del frío.

Acababa de anochecer cuando oyeron un rumor de cascos de caballos subiendo por el camino.

—¡Los soldados! —exclamó Rimchen, ahogando su voz.

Pero Angawa replicó que seguramente eran comerciantes.

Rimchen era quien tenía razón. Fue Adrup el que se asomó y confirmó con acento lúgubre que se trataba, en efecto, de soldados chinos. Y para mayor desgracia, se trataba de la misma patrulla de soldados del día ante-

rior. Sin duda los viajeros con los que se habían cruzado habían delatado a la familia de Angawa, impulsados por la envidia, o quién sabe por qué oscura pasión humana.

Obedeciendo las órdenes de la patrulla, la familia se levantó, despojándose de las mantas y las espesas pellizas. Por suerte, Adrup, Rimchen, Angawa y sus hijas llevaban puestos los trajes grises. Pero no Kangseng.

El sargento parecía muy asustado, como si el pequeño khampa fuera un espíritu, o él solo formara un ejército terrible de guerreros de las montañas. Apuntaba a la familia con el rifle montado y señalaba con el cañón a Kangseng.

—¡Se lo dije! ¡Se lo dije! ¡No debe vestir esas ropas!

Angawa trató de convencer al sargento, implorándole, repitiendo que no era más que un niño, y señalando al serio Adrup, vestido con su traje gris, pero lo único que ganó fue un culatazo en el estómago.

—¡Es un insulto al pueblo! —gritaba el sargento—. ¡Un insulto es!

Ordenó entonces que uno de los soldados le arrancara toda la ropa a Kangseng.

—¡Desnudo! ¡Déjale desnudo!

El sargento escupía mientras el soldado acababa de desnudar a Kangseng. Las prendas caían sin ruido sobre la nieve, y su pequeño cuchillo, y los prendedores del pelo.

Cuando el soldado le quitó hasta el último pendiente, el sargento se dirigió al pequeño khampa desnudo.

—¡Pedirás perdón! ¡Perdón al pueblo pedirás!

Kangseng se quedó en silencio. Cruzándose de brazos, levantó cuanto pudo la barbilla y afrontó la mirada del sargento, sin desviarla siquiera un milímetro.

Este no sabía qué hacer. Parecía furioso y, por un momento, Rimchen temió que disparara sobre Kangseng.

—¡Kangseng! —le imploró con lágrimas en los ojos—. ¡Haz lo que dice el sargento!

Pero Kangseng siguió firme y altivo, sin variar un ápice su postura desafiante.

Angawa, de rodillas a causa del culatazo, no podía evitar sentir un gran orgullo. ¡Su hijo era un valiente, un verdadero khampa!

—Está bien —dijo el sargento apuntando a Kangseng con el rifle, apoyado en la cadera—. Te quedarás en la nieve hasta que pidas perdón, ¡en la nieve te quedarás!

Entonces Kangseng se sentó sobre la nieve en la postura del loto, con las manos abiertas hacia el cielo, sobre las pantorrillas, y cada pie descansando sobre la rodilla opuesta.

Visto así, desnudo y escueto, la espalda bien recta y los ojos entornados, bien parecía una imagen tallada en marfil muy blanco del joven Buda.

Rimchen rompió a llorar e imploró al sargento que se apiadara de su hijo.

—¡No es más que un niño! —repetía una y otra vez.

—¡Pedirá perdón! —repetía el sargento con tozudez.

Primero fue el propio Angawa el que lo intentó, pero su hijo no le respondió, ni siquiera le miró.

Luego fue Adrup el que, por una vez, habló con su hermano. En voz baja argumentó ante él que no era el momento, que toda la familia estaba en peligro por su culpa, y que si admitía la orden del sargento, él, Adrup, le prometía que cuando regresaran de la peregrinación al monte Kailas le acompañaría hasta las montañas para conocer a los resistentes khampa. Pero Kangseng miró con una punta de desprecio en los ojos a su hermano mayor y se sumió en un silencio aún más espeso.

Más tarde fue su madre quien lo intentó, con idéntico resultado. Realmente enfadada, se dirigió a su marido:

—¡Ayúdame, marido! ¡Le vestiremos!

Pero el sargento se opuso, hecho una verdadera furia.

—¡No! ¡Él mismo obedecerá! Y así aprenderá. ¡A obedecer las órdenes del pueblo aprenderá!

Los soldados encendieron un fuego. La noche se hizo profunda y las estrellas brillaron sobre las montañas. La nieve, a la luz difusa y temblorosa de las estrellas, parecía un mar cambiante.

Iluminada de lejos por la fogata, la figura de Kangseng permanecía inmóvil.

Los soldados acabaron su cena y, salvo uno de ellos, obligado por la guardia, se echaron a dormir.

El sargento se quedó despierto, en cuclillas junto al fuego. Frente a él, al otro lado de las llamas, podía ver la figura inmóvil de Kangseng, lejana y pálida sobre la nieve. Apenas le llegaba el reflejo del fuego que, de vez en cuando, hacía brillar sus ojos.

Rimchen lloró en el umbral de la puerta de la cabaña. Se había sentado allí y dejaba que las lágrimas calientes hicieran un hueco en la nieve delante de ella.

—¡Marido! ¡Haz algo! —sollozaba.

Pero Angawa no sabía qué hacer. Se sentía culpable por lo que había ocurrido, y se retorcía tanto los dedos que parecía que fuera a arrancárselos de las manos. Si hubiera ordenado a Kangseng que se quitara la ropa de los khampa antes de que llegara la patrulla, ahora no estaría congelándose sobre la nieve.

No podía hacer nada. Implorar al sargento era perder el tiempo, Kangseng no quería rendirse, e intentar algo contra media docena de soldados armados era un suicidio. Ni él ni Adrup hubieran sobrevivido un minuto.

Pasaron las horas.

Kangseng seguía quieto, aguantando el frío, conservando el poco calor de vida que le quedaba en el pecho, como una brasa viva. Kangseng nunca habría ido a vivir a un monasterio porque se consideraba un khampa indomable, pero ahora sabía que estaba haciendo bien lo que Buda quería que hiciera. Cualquier lama se habría sentido orgulloso de él, como también su padre lo debía de estar. Solo su madre lloraba y lloraba y, sin duda, también lloraban Adrup y sus dos hermanas. ¿Pero qué podía hacer él?

Nada.

ANTES DEL AMANECER,

el sargento miró a su alrededor. Los soldados se habían dormido, salvo el que hacía la guardia. Se acercó a él y le dijo que podía descansar también.

—Yo vigilaré.

El sargento esperó a que el soldado roncara. Solo estaban despiertos los padres y el hermano mayor del pequeño khampa.

Se acercó a este, poco a poco. Se levantaba, avanzaba unos metros y se volvía a acuclillar, hasta que estuvo tan cerca de él que calculó que ya le podría entender.

—Escucha, niño —le dijo en voz baja, procurando que nadie más que él pudiera oírle—, si sigues así enfermarás y tu familia tendrá que volver contigo al pueblo, sin

poder llegar al Kailas. Vuestra peregrinación no será completada y los espíritus la tomarán con vosotros. ¿Por qué no me obedeces y te pones la ropa del pueblo?

Kangseng intentaba no temblar, a pesar del inmenso frío que sentía en el cuerpo y el calor que se agolpaba en su frente. Había oído hablar de que los eremitas y los hombres santos logran vencer el frío: se sientan en medio de la nieve, desnudos como él, sin una estera debajo siquiera, y logran incluso que la nieve se derrita. Eso se llama tumo. *Él lo intentaba, pero el frío subía por sus piernas, por sus nalgas, por la espalda, y le oprimía el pecho.*

Pensando con fuerza en el tumo *y en los hombres santos que vencían al frío, lograba al menos no escuchar las veladas súplicas del sargento, que se iban haciendo más desesperadas.*

—¿No dices nada? —preguntó este—. Mira que yo no me puedo volver atrás. Si sigues así, los demonios del frío te llevarán con ellos. ¡Con ellos te llevarán!

Kangseng ni siquiera miraba al sargento. Pero sin mirarle, sin hacer fuerza, tan solo permaneciendo inmóvil, se daba cuenta de que le estaba venciendo. Ahora él, desnudo y tembloroso, era el fuerte. Y el sargento, vestido con su uniforme y su estrella roja, y armado además con un rifle, era el débil. ¿No había sido así como su pueblo, sin más armas que el orgullo y unos pocos cuchillos, había derrotado al ejército chino en las montañas de Kham?

El sargento insistió varias veces aún, pero el pequeño se obstinó en su silencio y su quietud. El sargento se incorporó, volvió arrastrando su fusil para acuclillarse junto al fuego, cabeceando con lentitud, asustado y lleno de dudas.

Cuando el primer rayo de sol asomó por detrás de las montañas, Kangseng sintió que el cielo era el suelo y el suelo, el cielo. Veía el cada vez más tenue resplandor de las brasas y la figura acuclillada del sargento. De pronto, todo cambió de lugar, el sol pareció salir disparado en un trazo de fuego, y el pequeño khampa cayó de bruces sobre la nieve.

Rimchen gritó, pero Kangseng oyó el grito a lo lejos, muy lejos, como una voz en un campo lejano en una mañana de siembra. Luego se durmió. La brasa viva de la frente bajó hasta el pecho y se expandió, y Kangseng vio abrirse, ante sus ojos cerrados, un cruce de caminos de muchos colores brillantes.

Rimchen corrió para abrazar a su hijo, desmayado sobre la nieve, nada más verle caer.

El sargento también se levantó y tomó su fusil. Una voz interior le decía: «¡Dispara! ¡No permitas que desafíen tu autoridad! ¡Dispara al aire, al menos!».

Pero se quedó paralizado, con un fuerte dolor que le atravesaba el pecho.

Se acercó despacio a la madre y al niño. Vio la piel de este, amoratada por el frío. Tenía los ojos entrecerrados y un hilo de luz se reflejaba en ellos.

El sargento se sorprendió a sí mismo cuando se oyó decir:

—¡Tápelo! ¡Cúbralo pronto!

Los soldados se habían despertado y rodeaban al grupo con los fusiles en la mano. Pero el sargento se volvió a ellos y les ordenó:

—¡A la cabaña! ¡Llevad al niño a la cabaña!

Así lo hicieron. Prepararon un gran lecho con toda la ropa que llevaban y encendieron fuego.

Pero Kangseng no reaccionaba.

—El mal está dentro —sentenció Kimchen, agotadas ya sus lágrimas.

El sargento escupía y se removía inquieto. Se había dado cuenta de que el niño estaba muy grave y ahora se arrepentía de haberle dejado desnudo sobre la nieve.

Kangseng permanecía dormido, aunque sus párpados y sus labios se movían, y se escuchaba en la cabaña el castañeteo de sus dientes, y algo como un hervor en su pecho, un borboteo que se iba haciendo más y más tenue, a medida que transcurrían los minutos.

Una hora después, cuando hubo amanecido del todo, Rimchen le pidió a su hijo mayor:

—Adrup, ve al monasterio y trae contigo al lama.

Adrup agachó la cabeza y obedeció. El sargento hizo que le acompañara un soldado y tres caballos. Dos eran para el soldado y para Adrup y el tercero para el lama.

—¡Así llegarán más deprisa!

El sargento no sabía mucho del poder de los lamas, pero se aferraba a la idea de que fueran también como médicos, y que con la simple imposición de sus manos sobre el cuerpo yerto del niño pudiera devolverle la vida que se le escapaba.

Rimchen se quedó al lado del lecho en el que Kangseng dormía agitado por el vendaval de la fiebre.

—Mi pequeño, mi pequeño.

En la puerta, el sargento se escondía de las miradas de todos, mientras sentía sus propias mejillas bañadas por las lágrimas.

Adrup y el soldado regresaron con el lama antes de que el sol alcanzara su punto más alto.

El lama no permitió que se quedara dentro de la cabaña nadie más que Rimchen. Miraba al sargento con una calma furiosa, si es que existe algo así. Se agachó sobre el lecho y escuchó la respiración entrecortada de Kangseng. De su pecho, donde Kangseng había tratado de conservar la brasa viva durante toda la noche, subía ahora un estertor líquido, como si dentro hubiera un torrente de lava.

El lama tomó el pulso del pequeño en su cuello, negó con la cabeza y cerró los ojos. Después sacó del interior de su túnica un texto sagrado. La luz del día entraba por la puerta e iluminaba sus manos.

—Kangseng, pequeño león de las nieves, hijo de Angawa y Rimchen —dijo entonces, comenzando a leerle el texto sagrado—, «llama a tu memoria y no te dejes distraer por otros pensamientos. Guarda con fuerza tu espíritu lúcido...».

Rimchen escuchaba el murmullo del lama y apretaba los dientes.

—«Si sufres, Kangseng, no te absorbas en la sensación del sufrimiento. Si tu espíritu experimenta un descansador entumecimiento...»

Kangseng escuchaba la voz del lama desde lejos, desde muy lejos. Y sí, Kangseng sentía exactamente eso, lo mismo que sabiamente decía el texto sagrado: un descansador entumecimiento, o, por decirlo con palabras más sencillas, a medida que su cuerpo se apagaba, su espíritu descansaba más y más, y le invadía una sensación de paz y serenidad.

Así siguió el lama leyendo, durante mucho tiempo, guiando el espíritu de Kangseng por el camino adecuado, desgranando las fórmulas que habían guiado el trán-

sito de la vida a la muerte a miles y miles de tibetanos, desde el principio de los tiempos.

Kangseng tuvo una visión. En medio de la nieve, donde ahora no había más que pisadas y barro, se vio de nuevo a sí mismo. Fue como volar. Había salido de su cuerpo y flotaba en el aire. Y se vio a sí mismo.

Pero ya no estaba desnudo. Llevaba sobre su cuerpo la abultada pelliza, los pantalones bombachos, las botas de lana de colores acabadas en punta, los pañuelos de seda de colores adornando el pelo. Los pendientes de plata y turquesas. Y el cuchillo en el cinturón. Otros khampa habían luchado contra los invasores usando el cuchillo. Pero él lo había hecho sin sacarlo de su funda. Kangseng se daba cuenta de que la fuerza no está en el músculo, sino en la mente. Con ella había vencido a la del pobre sargento al que ahora veía tragando sus lágrimas.

«Las lágrimas de ese sargento chino —se dijo Kangseng— son mis lágrimas también. Y mi muerte, la suya.»

Luego hay una página en la que

VON ARX DIBUJÓ LA SILUETA DEL POTALA.

La primera vez que vi el dibujo no sabía lo que era. Parecía el dibujo de una ciudad espacial, un solo edificio estructurado en diferentes plataformas y a distinta altura; pero ahora he visto muchas fotos y lo conozco muy bien. El de Von Arx no es más que un apunte, pero en él hay algo indefinible que lo hace más real y conmovedor que todas las fotos del mundo.

En la siguiente página, Von Arx trató de dibujar a Kangseng sobre la nieve, con su ropa de khampa, sentado en la postura del loto. He mirado tantas veces la página en la que se ve el dibujo del pequeño khampa que debo de haberla desgastado. Su rostro es apenas un esbozo, pero en él se leen las cosas que

Von Arx quiere expresar también con palabras con las que continúa su relato:

Así, vestido con sus brillantes y alegres ropas de khampa, fue como Kangseng llegó hasta mí en el cruce de caminos.

Mientras la pulmonía se apoderaba de él sobre la nieve, el pequeño parecía desnudo, pero no lo estaba. Ese momento en el que Kangseng se da cuenta de que el fuerte es él, desnudo y tembloroso, y el débil es el soldado, abrigado y con el fusil en la mano, es la razón de toda su existencia. A él le bastó y a mí también me basta, porque en un segundo, en ese segundo, resplandece no solo su vida entera, sino la de todo su pueblo. Todos los tibetanos que desafían la invasión extranjera son ese pequeño khampa, desnudo y magnífico. Un niño puede valer tanto como un pueblo. La sonrisa de un niño es el desafío de todo un continente.

Por eso vivo, para eso vivo, para contar ese segundo de la vida de Kangseng. ¿Sabré hacerlo?

Se lo pregunté al propio Kangseng mientras él sostenía mi mano en el camino de luz por el que me llevaba, de regreso a la vida.

—¿Cómo lo contaré? No me siento capaz.

El pequeño khampa me sonrió. Ya estábamos cerca de la habitación del hotel chino en la que mi cuerpo abandonado me esperaba, roto y muerto.

—Sabrás cómo hacerlo —me respondió, un poco misterioso.

Una luz en la que se resumían todas las sonrisas del mundo iluminaba su rostro, llenándome de paz y de bienestar. Sé, desde entonces, que el mayor tesoro del hombre sobre la tierra es la capacidad de sonreír, aunque el precio de la sonrisa sea tan alto: la alegría no significa nada sin el dolor, su valor depende del valor del sufrimiento. La luz es hermosa porque sustituye a la oscuridad, así también la sonrisa.

El camino que se abría ante nosotros se fue diluyendo y tras sus paredes volví a ver el mundo real; las cumbres sumidas en sombras nos acompañaban en nuestro viaje de regreso.

—¿Me llevas de regreso?

Kangseng no me contestó. Se limitó a seguir arrastrándome por el aire.

Sí, me llevaba de regreso. Ni sabía por qué, ni siquiera me lo pregunté.

—¿Nos volveremos a ver? —le pregunté cuando reconocí las paredes del hotel en cuyo interior aguardaba mi cuerpo exánime.

Guardo su respuesta como el mapa de un tesoro:

—Sí —dijo el pequeño y fiero khampa—. Al pie de una montaña extraña y lejana en la que vive un dios que no conozco. Allí volverás a rozar la muerte bajo una sába-

na espesa y fría, y allí volverás a nacer para seguir buscando la belleza de las cumbres, el aire soleado y tibio.

Sonrió y acercó su sonrisa a mis ojos admirados:

—Recuerda entonces, cuando una mano infantil te saque de tu lecho frío de nieve: la mano que te devuelve a la vida es la mano de Kangseng, no me olvides nunca.

Se rió, enigmático y divertido al mismo tiempo.

—¿Y tú? —le pregunté, mientras me preguntaba cómo iba a olvidarle nunca—. ¿Volverás a la vida también?

Imaginaba a Rimchen, la madre de Kangseng, percibiendo de pronto un aliento de vida en el cuerpo del niño muerto, llorando de alegría por verle volver de las sombras de la muerte.

Kangseng reflexionó un minuto largo.

—No —dijo por fin—. Kangseng ha muerto. Ya ha cumplido su destino, que tal vez era este: devolverte a la vida, porque tu vida no debe acabar aquí. Pero yo volveré a nacer, esta misma noche. Naceré en otro niño, pero en un mundo lejano, entre extranjeros que ahora aún no son nada para mí.

En el modo en que me miró leí una promesa. Nos volveríamos a encontrar.

Fue el último instante compartido con el pequeño y fiero khampa. Ahora, mientras escribo, me doy cuenta de que mi mejor amigo, después de tantos años de vida, es un fantasma. Un niño que surgió en mi mente mientras me debatía entre la vida y la muerte.

Un niño de cuya existencia dudé cuando me reencontré con mi débil cuerpo, derrumbado sobre el colchón del triste hotel para turistas.

Escribo desde la falda de esta montaña, con el Potala abandonado y agonizante ante mis ojos. Las palabras del pequeño Kangseng están frescas todavía, pero irán perdiendo su sentido. Se disolverán también en el aire, como el jirón de niebla al desprenderse de la última roca de la montaña. Por eso las escribo ahora, cuando mi sangre está aún enferma por el mal de altura y mi debilidad me permite vivir en esta ranura, entre la vida y la muerte.

¿Qué me espera en el futuro? Volveré a vivir, y para mí la vida es la montaña, la cumbre, la escalada. Cuando llegue el momento, ¿seré fuerte como el niño desnudo o débil como el soldado armado?

NO HAY NADA MÁS ESCRITO

en el cuaderno de Von Arx.

Salvo un fecha, la fecha en la que él volvió a la vida en su hotel, y en la que vio a Kangseng por última vez. Esa fecha es... Bien, nadie tiene que creer mi palabra, porque aquí está su cuaderno, entre mis dedos.

Lo tengo abierto ante mí. Debajo de sus últimas palabras está la fecha, la de su resurrección en el hotel de Lhasa, la que Kangseng dijo que...

Pero copio de nuevo sus palabras con una extraña sensación:

Pero yo volveré a nacer, esta misma noche.

La fecha es la de mi nacimiento.

Repaso y repaso las páginas escritas con débil pulso por Von Arx, cada una de las palabras; me las sé de memoria. Pienso en su muerte en el lejano Nevado de Huascarán y no tengo ninguna duda: sé que fue fuerte como el niño desnudo, que emprendió escaladas hacia la luz, y que enriqueció a los demás con sonrisas, con miradas dulces por encima de sus gafas.

No sé ni siquiera cómo fue su tercera muerte, la definitiva. Pero estoy seguro de que en ese momento, de nuevo en el cruce de caminos, tuvo ante sus ojos la imagen de Kangseng, el loto desnudo en la nieve.

Y yo ante los míos. Esa imagen me acompañará siempre, porque ahora sé que es la mía también.

Ya he acabado de escribir mis propias palabras y me siento, como Von Arx, en paz. También yo lucharé por esparcir luz, y si he de luchar volveré a hacerlo, firme y orgulloso: un enebro silencioso al pie de la montaña, un loto en la nieve. ¡Qué orgulloso me siento al decirlo!

algunas notas sobre la novela

Tíbet es un país. Seguramente el país con más personalidad propia del planeta. Un país con un pueblo diferente a todos, con lengua propia y con una cultura fascinante, también diferente a todas. Tíbet fue uno de los países que más tiempo resistió a la primera globalización, la que tuvo lugar en el siglo XIX, y que desembocó en el colonialismo. Su aislamiento natural, detrás de la inaccesible cordillera del Himalaya, y más allá de las inacabables llanuras asiáticas, hizo que su cultura y su modo de vida pervivieran durante mucho más tiempo.

De esa época de resistencia natural nacieron las grandes leyendas, mezcla de relatos de viajeros intrépidos y de historias que bajaban como ecos por las quebradas himaláyicas. Un mundo en sí mismo, dominado por la religión tibetana, basada en antiquísimas religiones chamánicas y el budismo, en el que inventos como la rueda tardaron en hacer su aparición.

Y, sin embargo, Tíbet no es un país independiente. Fue ocupado militarmente por China en el año 1950. La represión política y cultural ha pasado diferentes épocas, algunas terribles, en las que fueron arrasados sus monasterios y casi exterminados sus monjes, y otras, como la actual, de una constante e insidiosa destrucción de su identidad cultural. En estos momentos, hay multitud de presos políticos y la sola posesión de una imagen del Dalai Lama, el líder político y religioso del Tíbet, que vive en el exilio, está prohibida.

Lhasa, la capital del Tíbet, está siendo sistemáticamente destruida. Mezquinos y espantosos edificios de cemento y cristal se levantan donde antes florecía la humilde, pero bellísima, arquitectura popular tibetana.

El Potala, que fue la residencia oficial del Dalai Lama y casi toda su jerarquía, languidece vacío, hueco, explotado comercialmente por los chinos, que lo han convertido en una especie de parque temático del viejo Tíbet, exclusivamente para turistas. El Norgbulinka, palacio de verano del Dalai, es casi un erial, en el que poco a poco los edificios van cayendo entre el abandono y la destrucción. Solo el monasterio del Jokang, auténtico centro espiritual del Tíbet, resiste. Un cordón humano de tibetanos lo rodea día y noche, en constante peregrinación desde todos los rincones del Tíbet. El Jokang parece inmune a la represión, las amenazas y el dinero. Hasta los guías chinos renuncian a adentrarse en el mercado y las calles que rodean el monasterio, escenario, no obstante, de sangrientas incursiones de los soldados, en fechas todavía muy recientes.

El Tíbet está formado por varias regiones naturales. La de Kham está en el sureste del país, en un enclave especialmente inaccesible, y es la cuna de un pueblo indómito. De aspecto muy parecido al de los indígenas del norte de América, los khampa han protagonizado innumerables rebeliones contra los ocupantes y se puede decir, aún hoy, que todavía no se han rendido, a pesar de que su derrota militar ha sido dada por sufrida ya muchas veces. No solo resisten entre sus montañas: en la actualidad es posible verles en la mismísima Lhasa, base del ejército invasor, con cuchillos a la espalda, pese a estar prohibidos, y sus vistosas vestimentas tradicionales, con largas melenas negras y abalorios de jade en el pelo, tanto hombres como mujeres, ancianos y niños.

Otra manera de acercarse a la cultura tibetana es, paradójicamente, la más barata: la lectura. Hay una bibliografía amplísima —desgraciadamente no toda, ni mucho menos, en castellano— en la que se refleja la realidad del Tíbet desde cualquier punto de vista.

Este librito es una modesta contribución a ese caudal bibliográfico. Está basado en algunos personajes reales y en situaciones vividas por mí mismo en compañía de Tina Blanco que, afectada en menor medida por el mal de altura, me ayudó a sobrevivir en el mismo hotel de Lhasa que he descrito aquí: yo también «casi morí» en ese hotel, enfermo por el mal de altura, y empeorado por la ominosa presencia de los invasores. Aún no sé lo que me mantuvo con vida, pero es cierto que, como el Von Arx de la novela, vi un jirón de niebla aferrándose a la última cumbre del Himalaya, desde la habitación del hotel, y también pensé que era una representación de mi propia alma. Tina Blanco y el Von Arx real, que vive en Japón, y al que algún día espero encontrar para darle este libro, me salvaron, metiéndome en un avión que me devolvió a Katmandú, justo a tiempo. Y probablemente lo que me dio la energía necesaria para no sucumbir fue el deseo de llevar hasta tus ojos estas páginas.

Un loto en la nieve tiene una deuda impagable, pues, con el Von Arx real, pero, sobre todo, con Tina Blanco, que me ha prestado todos sus conocimientos sobre la cultura tibetana acumulados durante más de veinte años, y con María José Gómez-Navarro, que editó por primera vez este libro, en 1998, y ahora lo ha rescatado del olvido para volverlo a publicar en la colección Alandar. Para hacerlo he repasado a fondo el libro, tratando de aunar su espontaneidad de entonces —escribí el primer borrador en el avión que me llevaba de vuelta a España— con una mayor reflexión y distancia. En aquella primera versión, me contuve en algunas cosas del final del libro, que ahora veo más claras. Y aquí está, que es donde mejor puede estar, porque nace rodeado de libros en los que se aúnan la buena literatura y un profundo conocimiento de la variedad y desigualdad del mundo que nos ha tocado vivir.

GONZALO MOURE

Para conocer el Tíbet:

- *Viaje a Lhasa*, Alexandra David-Neel, ed. Indigo, 1989
- *En el gallo de hierro*, Paul Theroux, ed. B, 1997
- *Siete años en el Tíbet*, Heinrich Harrer, ed. B, 1997
- *El leopardo de las nieves*, Peter Mathiessen, ed. Siruela, 1992

Sobre la religión y la cultura tibetanas:

- *Magos y místicos del Tíbet*, Alexandra David-Neel, ed. Heptada, colección Oriente y Occidente, 1990
- *Textos tibetanos inéditos*, Alexandra David-Neel, ed. Kier, 1997
- *La fuerza del budismo*, SS. Dalai Lama y Jean Claude Carriere, ed. B, biblioteca de bolsillo, 1996

El Tíbet hoy. Reportaje:

- *Las montañas de Buda*, Javier Moro, ed. Planeta-Seix Barral, 1997

ÍNDICE

El cazador de estrellas

Ricardo Gómez

ALANDAR, +12 n.º 40. 176 págs.

Bachir vive en un campamento de refugiados saharauis. Una dolencia pulmonar le obliga a permanecer inválido en su tienda, desde donde escucha atentamente los sonidos que llegan hasta él. A través del oído trata de imaginar lo que sucede a su alrededor.

Una noche conoce a Jamida, un sorprendente anciano, mezcla de sabio y guerrero, con quien habla de la historia de su pueblo y del nombre de las estrellas. Ese encuentro le permitirá ver un mundo más allá de los opacos límites de su jaima.